白色城堡

Beyaz Kale

諾貝爾文學獎得主

奧罕・帕慕克

陳芙陽——譯

位於東西交會處的一流說書人
描摹時代風雲的震撼傑作

土耳其一流的小說家，也是世界上最引人入勝的文壇人物之一……最佳說書人！

——《泰晤士報文學增刊》

與卡爾維諾、艾可、波赫士、馬奎斯一樣出色！

——《觀察家報》

《白色城堡》是一部傑作，不是因為它喚起時代，而是對個人神話的探究，還因為帕慕克以如此簡單的故事含括了這樣的深思。

——《衛報》

探討自省的痛楚，一部恰如其分且充滿異國情調的作品。而就一部小說的篇幅來說，它卓越地調和了作者明顯認為太有主見的西方與太過隨俗的中東。一瞬間，雙方相遇。本書是少數臻至完整與自給自足的世界，並洋溢獨特才華的小說……帕慕克是個擁有如同《一千零一夜》的雪赫拉莎德般機智和敘述活力的說故事能手。

——《紐約時報》

奧罕·帕慕克探討外國影響的一部傑出小說……針對文化融合的結果，提供我們一種冷靜而優雅的偏見角度。對卡爾維諾有所仿效，但以技巧和觀點來說，他最接近的作家是石黑一雄。

——《獨立報》

優雅且具影響力……與卡夫卡、卡爾維諾相提並論也不為過。他們的嚴肅、優雅和敏銳，處處明顯可見。

——《獨立報》

中文版作者自序

東方與西方的融合及戰爭

奧罕・帕慕克

在我所有的小說中，都有一場東方與西方的交會。當然，在做出此種聲明的同時，我很清楚所謂的東方和西方，其實皆為文化的概念；也就是說，它們都是想像的產物。儘管如此，無論兩者的想像成分有多少，東方和西方畢竟仍是事實。我所指的，並不單純只是我們在地圖上所見的地理事實，而是它們影響我們生活的文化事實。東方與西方蘊含深邃而獨特的傳統，決定了人們的智慧思想、感知能力以及生活方式。對於我和我的家庭而言，置身於伊斯坦堡中央，這些傳統從來就不是單純的，總是混雜的。東方與西方的交會，並非如人們以為的是透過戰爭，相反地，一直以來，它都是發生在日常生活的種種細節中，透過物品、故事、藝術、人類的熱情與夢想。我喜歡描述人們生活中此種互動的痕跡，在其中，我看見東方與西方努力於互相了解、互相爭戰，或是彼此融合妥協；我看見人們的靈魂在兩種傳統的影響下受到撼動或改變。這讓我深受感動，就如同沉醉於愛情的初始、凝望著自然美景，或是浸淫於歷史的美好點滴。如今我的書在中文世界出版，意謂它們將能被眾多西方以外、承繼了偉大豐富傳統的人民所閱讀。相信中文版的讀者能了解並喜愛我書中的角色、體會他們的深情摯愛、看見他們周遭的景色、並且與他們一起幻想過去。你們將再次讓我領會到，小說的藝術絕不僅是歐洲的概念。透過「小說」這個西方的產物來表達全世界的人性，對於土耳其和中文的作家及讀者而言，皆是一件充滿挑戰性的艱巨任務。

導讀

自我即異己，異己即自我——讀《白色城堡》

楊照

十九世紀西方最強大的主流價值之一，是「進步史觀」。那個時代的人回顧過去，興奮地發現了人類歷史的基本模式——今天比昨天好，明天會比今天更好。擴大來說，人類歷史的演變，不是雜亂瑣碎為偶然力量任意主宰的，歷史有其穩定不變的方向，由蒙昧而至開化、由野蠻而至文明、由簡單而至複雜、由迷信而至科學理性、由不平等不自由而至平等自由。

這套模式清晰簡單，又能夠鼓舞起人們對於未來的信心、刺激出以理性科學態度改革現狀的野心，難怪一時風靡。

「進步史觀」在二十世紀不幸地跌了一大跤。一九一四年到一九一八年，在理應最開化、最文明、最理性、最自由平等的歐洲，爆發了死傷狼藉的大戰爭。戰爭之破壞如此嚴重，任你再樂觀「鐵齒」的人，都不可能遮起眼睛來裝作沒看見。戰爭之所以造成史無前例的人命與財產損失，正因為有理性科學觀察研究所開發出來的技術。

經過那四年既殘酷且荒謬的大戰，西方人很難再相信歷史是不斷進步的。原來，進步史觀中羅列的各項人類文明方向，非但不是一致齊步向前走，而且還會彼此矛盾、互相衝突。例如理性與科學的發達，不見得會讓人變得更文明、更和平，有時反而會強化、誇大人性中的殘暴貪婪，讓「強凌弱、眾暴寡」的不平等更加嚴重。

「進步史觀」遭受大挑戰，進而逐步消蝕瓦解。不過「進步史觀」橫掃西方意識所留下來的一些習慣，卻沒有那麼容易就完全改掉。有很長一段時間，人們已經不再主觀自覺地相信「進步史觀」，可是在看待、理解歷史時，卻還是亦步亦趨依循著「進步史觀」所留下的軌跡。

最明顯的，就是看待現代與傳統之間的差異。傳統，或說「前現代」的社會，是被「現代」所取代的，因而前現代的社會、文化，被視為比較劣等、比較落後的，歷史學中研究前現代要麼為了對照出現代的進步性，要麼為了了解現代之所從來。換句話說，在這種「進步史觀」殘留的偏見裡，前現代的人類經驗失去了自主目的性，落入了工具性的次等地位。前現代與現代不可能平起平坐、等價齊觀。

對前現代的歧視，可以這麼說。任何歧視——性別歧視、種族歧視、階級歧視，都很難超越。即使理性上承認了歧視的不當，即使在口頭上接受、甚至鼓吹了反歧視的態度，在幽微的現實判斷上，尤其是知識與權力綿延相纏的底層，歧視總以扭曲、壓抑的形態，繼續躍躍欲試。

現代人對前現代的歧視，一直要到二十世紀八〇年代，才算有了突破性的改變。八〇年代，西方文化的流行關鍵字，是「顛覆」、是「打倒霸權」、是「多元」。藏在顛覆、打倒霸權與多元背後，是文化相對的概念。我們生活、呼吸於其間的文化，只是眾多不同文化當中的一個。每個文化傾向於把自己建立為天經地義，用自己文化內部的主觀來看待、評斷這個世界，又將主觀包裝為真理、客觀事實。

真正的客觀事實卻只存在於相互尊重、彼此肯定的努力溝通中。也就是存在於各文化互為主體的謙虛態度中。也就是必須先放棄自己的文化中心主義執念，看到別人的文化、學習理解到其他文化從不同前提得到的不同推論、不同結論。

顛覆、打倒霸權、多元的環境裡，人們才慢慢意識到：不止空間中分布的文化是複數多樣的，就連時間中散落的文化，都應該是複數多樣的。以現代為權衡去丈量前現代文化，我們永遠只能看到一堆鬼影子，把現代投射到前現代布景上產生的模糊輪廓。我們就著那些鬼影子猜測、做文章——啊，這是現代二元哲學的前身、這是現代浪漫思想的前身、這是現代音樂的前身……找到了一大堆鬼影子，然而其實我們並沒有真正看到前現代歷史的真實面貌。

新的觀念躍動著，要將過去的歷史、歷史中存在過的文化，當作「異文化」來處理。要擺脫掉自身「現代偏見」的糾纏，盡量如實地去觀察、去呈現、乃至去體會古遠時代的物質與精神生活。

前現代的歷史取得了自主地位，於是浮現了一個逗引著許多人好奇的大問題——如果前現代是另外一種文化，那麼這個世界到底是怎樣從前現代脫胎換骨變成現代的呢？換了多元文化的眼光，這個過去以為被處理得透徹爛熟的問題，有了新的意義。舊有的史學典範中，前現代變為現代，是一個「好文化戰勝壞文化」、「好思想取代壞思想」的故事。好壞已經先定了，故事的結果不必解釋，敘述的重點就只在於那過程。科學與宗教的爭鬥、伽利略與教皇權力的抗衡、工業革命擠走了莊園經濟、貿易利益擊垮了農業保守結構……等等。

新的史學典範不要這種「善終將克服惡」的敘事模式，那麼從前現代到現代的過程，就變得複雜多了。那是兩種文化，甚至多種文化的接觸、折衝、激盪、妥協、對抗、乃至相互毀滅的總體經驗。那也是人在不同價值系統中疑惑、求知、選擇、背教改宗或固執頑抗的活生生歷程。在前現代與現代交接的時空下，突然冒湧出豐富的故事，以及更多、更多故事的可能。

難怪那個時代，從歷史學界蔓伸到文學界，冒湧著對於「現代轉折」的熱切與趣。「現代初期」（Early Modern）這個原本曖昧冷門的斷代，得到了新生命。一九八二、八三年分別以法文、英文出版的史學著作《馬丹．蓋赫返鄉記》，在歐美成了銷售以百萬計的熱門書籍，作者戴維斯（Natalie Zemon Davis）和她專精的「現代初期」都一炮而紅。「現代初期」不再只是介於繁美文藝復興與血腥法國大革命間的陰影，而是一個上演著奇特意識思想戲碼的嘈雜舞台。

原本研究中古歷史，曾以十四世紀為背景寫過暢銷小說《玫瑰的名字》的義大利小說家艾可（Umberto Eco），在一九九五年寫了《昨日之島》，將時光移到了十七世紀，小說探索的就是初初萌芽的新地理概念，對於地球與時間的科學認識，如何衝撞前現代式的迷信系統，結果得出一個近乎魔法概念的「昨日之島」，在那個島上，人可以從今天走回昨天，也就可以逆轉時間霸道前進的方向。

一前一後、一史學一文學，這兩個例子中間夾住的，就是那十幾年間對於十六、十七世紀歷史的高度創造性挖掘。在前現代到現代的關鍵過渡時刻，科學尚未建立起中心地位，處於邊緣與其他知識（包括巫術、星相、神學、宮廷權術以及民俗醫療等等）混居的狀態下，科學非但沒有後來那種冷冰冰「除魅」的面貌，相反地展現出一種奇特神祕的魅惑，光是這點，史家與文學家們就能從中找到取之不竭、用之不盡的靈感。

奧罕．帕慕克的小說《白色城堡》，就是這種「現代轉折」熱潮中的產物。他對於十七世紀君士坦丁堡的描述，充滿了有趣的細節，尤其是由威尼斯俘虜帶進來的西方科學知識，如何與當時土耳其社會文化互動的微妙有趣連鎖反應。

奧罕．帕慕克的身分，及其小說，具備特殊的觀點優勢。他站在那個時代真正的東方與西方、基督教與伊斯蘭教、內陸貿易與海洋貿易的交界上，以伊斯坦堡的曖昧地位來開展其敘述。

文明交雜、轉型的故事，在《白色城堡》中被包裹在兩個人身分角色交雜、轉型的故事裡。一個被俘虜的威尼斯人、一個在蘇丹宮廷裡力爭上游的官員，竟然長得一模一樣，長相相似吸引兩人不只交換了兩個不同世界的知識，還交換了各自的生命經歷。奧罕．帕慕克設計了一連串土耳其宮廷事件，合情入理地一步步引導使這兩個人的「我／他」界線逐步模糊，兩人的「我／他」朦朧交錯處，也就同時開出了兩種文明「自我／異己」的雜混。

《白色城堡》探索兩種文明在宿命的十七世紀的接觸，也更普遍地探索了一般「自我／異己」的意識游移。小說看似意外卻又不得不然的結局下，自我成了異己、異己成了自我，「他」和「我」的敘述聲音顛倒置換，蘇丹的話既像預示也像讖語，當然更像是過度自信的荒謬自囈，「是否要成為蘇丹，才能了解世界各地七大洲的人都彼此相像？……各地的人一模一樣，他們可以取代彼此的位置，這不是最好的證據嗎？」

從文明的大衝擊出發，最後走到如幻似真的大混同。整本《白色城堡》，正是預示、讖語與荒謬自囈的精采組合。

目錄

獻給摯愛的妹妹妮根·達維諾古（Nilgun Darvinoglu，一九六一～一九八〇）

想像一個讓我們充滿好奇的人士已接近一種未知的生活方式，而它的神祕使其愈發吸引人；相信我們將只能經由對此人的愛而開始生存——這除了說是偉大激情的誕生，還能如何形容呢？

——普魯斯特（Marcel Proust），卡拉斯曼諾古[1]的誤譯

1 譯注：卡拉斯曼諾古（Y.K. Karaosmanoğlu，一八八九～一九七四），土耳其著名作家，作品以描寫二十世紀土耳其生活著稱。

前言

法魯克・達維諾古

每年夏天，我總會到附屬蓋布澤[2]首長辦公室那間被人遺忘的「檔案室」，花上一星期時間翻尋文件。一九八二年時，在一只塞滿大量皇室法令、地契、宮廷紀錄與稅務卷宗的塵封櫃子底部，我發現了這份手稿。它夢幻般的精緻大理石紋封面與鮮活的字跡，在褪色的政府文件中閃耀，馬上吸引我的目光。彷彿要更進一步激起我的興趣般，書本扉頁題上書名《絎縫工的繼子》，而從筆跡與內頁不同研判，我猜這個題名並非原本謄寫員的手筆。除此之外，沒有其他標題。書頁邊緣與空白頁滿是人物

2　譯注：蓋布澤（Gebze），鄰近伊斯坦堡的濱海工業城市，自古即為聯結安那托利亞與伊斯坦堡的重要路口。

畫，頭兒小小，身著釘上鈕釦的服裝，畫風很不成熟。我帶著無限喜悅，立刻讀起這本書。我很欣喜，但又懶得繕寫這份手稿，所以從這間連年輕首長都不敢稱為「檔案室」的儲藏室偷了它。守衛如此順從恭敬而未在旁監看，我利用了這樣的信任，一眨眼將它順勢放進我的手提箱。

剛開始，除了反覆閱讀之外，我不是很清楚該如何處理這本書。那時，我對歷史仍有深深的懷疑，只想單純專注在故事上，而不是手稿中的科學、文化、人類學或是「歷史」價值。我受作者本身吸引。自從被迫和友人離開大學，我便從事祖父的工作，擔任百科全書編纂者：這時，我有了一個想法，要在負責的名人百科全書歷史部分，加入該作家的條目。

我把編纂百科全書與飲酒之外的空閒時間，都用在這項任務上。當我查閱那段時期的基本原始資料時，立刻發現故事描述的一些事件和史實不太相符：例如，我確定柯普魯[3]擔任大宰相那五年期間，伊斯坦堡曾遭大火蹂躪，卻根本沒有任何證據顯示當時曾爆發值得一提的疾病，更別說書中所提的那種瘟疫流行。那段時期的幾位高官名字也拼錯，有些是彼此混淆，有些根本換了名字。而那些皇室星相家的名字也不符合皇家紀錄，但我認為這種矛盾在這個故事中有特別的作用，所以並未多加思索。另一方面，我們的歷史「知識」大多證實了該書的事件。有時，我甚至在小細節上看到這種「真實」：例如，皇室星相家胡賽因．埃芬迪[4]被處死的情形，以及穆罕默德四世在米拉賀宮的狩兔，都和歷史學家奈伊瑪[5]的描述相似。於是，我想到，這名作家顯然喜愛閱讀與幻想，可能相當熟悉這類資料及其他許多書籍——如歐洲旅人和獲釋奴隸的回憶錄——並從中拾穗，寫成他自己的故事。他聲稱認識伊夫利亞．卻勒比[6]，但可能只是看過他的旅遊日誌。一旦想到不同於歷史記述的部分，可能如其他例子所示，同屬真實，我便持續追查故事的作者。但是，在伊斯坦堡各圖書館作的調

3 譯注：柯普魯（Amcazade Köprülü Hüseyin Pasha，一六四四～一七〇二），曾於一六九七年至一七〇二年間擔任鄂圖曼土耳其帝國宰相。

4 譯注：埃芬迪（Effendi），尊稱，意指「尊敬的閣下」。

5 譯注：奈伊瑪（Mustafa Naima，一六五五～一七一六），鄂圖曼作家及歷史學家。

6 譯注：伊夫利亞．卻勒比（Evliya Chelebi，約一六一一～一六八二），鄂圖曼著名旅行家及作家，著有《旅行之書》（*Book of Travels*）等作品。

查探究，粉碎了我大部分的希望。我找不到任何一六五二年至一六八〇年間，呈交穆罕默德四世的論文和書籍；不管是在托普卡匹宮的圖書館，或者其他我覺得這些文章可能流落散佚的公、私立圖書館，都不見它們的蹤跡。我只找到一個線索：這些圖書館收藏了書中所提「左撇子謄寫員」的其他作品。我搜尋翻看一段時間，但是收到我狂奇之大批信件的義大利大學卻給了令人失望的答覆。我徘徊在蓋布澤、占尼西瑟和烏斯庫達墓園的墓石間，希望找到作者的名字（雖然書名頁未提，書中卻曾提及），仍徒勞無功。此時，我已筋疲力竭：我放棄依循可能的線索，僅根據故事本身寫下百科全書的條目。如同我擔心的，他們並未刊出這個條目內容，不是因為它缺乏科學證據，而是認為這個主題不夠有名。

或許是這個緣故，更加深了我對這個故事的著迷。我甚至想過辭職抗議，但我喜歡這份工作和朋友。有一段時間，我逢人就說這個故事，熱烈得彷彿那是我寫的，而不是我發現的。為了讓故事聽起來更有意思，我談及它的象徵價值、與當代事實的基本關聯、我如何經由這個故事了解我們這個時代，諸此等等。當我說出這些主張，年輕人通常更專注在如政治、行動主義、東西方關係或民主等最初引人好奇的議題；我的酒友則很快就忘懷我的故事。在我的堅持下，一名教授友人翻閱了這份手稿。歸還文稿時，他說伊斯坦堡後街的舊木造房子裡，有著數以萬計充斥這類故事的手稿。如果住在這些屋子的無知人們，沒有把書中的舊鄂圖曼文字，錯認為阿拉伯文的古蘭經，將它們放在碗櫥頂端的神聖位置，這些書可能早就被一頁頁撕下來點燃爐火了。

所以，在一位戴眼鏡且菸不離手的女孩鼓勵下，我決定出版這個我已經歸還並反覆閱讀的故事。讀者會發現，我把這本書修訂為當代土耳其文時，並未虛文矯飾：看了幾句這份放在桌上的手稿後，我會來到另一個房間放置報紙的桌前，試著以今日的語法描述心中體悟的文稿意涵。選擇這個書名的人不是我，而是同意印行的出版社。看到前面獻詞[7]的讀者可能會問，其中是否存有個人的重要意義？我想，把一切看作與其他事物有關聯，正是我們這個時代的癖好。因為我也屈從這個通病，出版了這個故事。

---

7 編注：前言作者歷史學家法魯克．達維諾古（Faruk Darvinoglu）為帕慕克小說《寂靜的房子》中角色之一，獻詞中的妮根．達維諾古為其妹。

1

土耳其艦隊現身時，我們正從威尼斯航向那不勒斯。我們數著本身共三艘的船隻，而對方從霧中浮現的木船縱列，似乎不見止境。我們心裡發慌，船上立即湧現一陣恐懼與混亂，多為土耳其人和摩爾人的划槳手卻發出歡喜的尖叫。我們的船槳朝陸地划去，像其他兩艘一樣朝西前行，但無法像他們那樣加快速度。船長懼怕萬一被抓後可能遭受的處罰，無力下達鞭打執槳奴隸的命令。後來幾年，我常想，此時的怯懦改變了我整個人生。

對我來說，那時的情況似乎是，如果我們的船長沒有突然被恐懼征服，我的人生就會不同。許多人相信，沒有注定的人生，所有故事基本上是一連串的巧合。然而，即使抱持如是信念的人也會有這樣的結論：當他們回頭審視，發現多年來視為巧合的事，其實是不可避免的。現在，我坐在一張老舊的桌子旁寫作，讓鬼魅般現身霧中的土耳其艦隊呈色具形時，我已來到這個時刻。這似乎是說故事的最佳時機。

看見其他兩艘船逃離土耳其艦隊，並消失在霧中後，船長重新振作，終於敢於鞭打執槳手，只是，為時晚矣。當奴隸受到獲得自由的激情鼓舞，即使鞭子也不能讓他們順從。十多艘土耳其船隻畫過令人膽怯的濃霧屏障，進入鮮明的海洋，猝然出現在我們面前。我們的船長現在終於決定放手一搏，而我相信，他努力克服的不是敵人，而是自身的恐懼與羞愧。他讓奴隸接受無情的鞭打，下令備妥大砲，但奮戰的熱情太慢點燃，也很快燃燒殆盡。遭舷砲一陣猛烈齊射後，我們被攻陷了——如果不馬上投降，船必沉無疑，我們決定豎白旗。

我們停在寧靜的海面上，等著土耳其船隻靠近船側。我回到自己的艙房，把東西歸位，彷彿不是在等待將改變整個人生的要敵，而是等候前來探訪的友人。接著，我打開小行李箱，翻尋書本，沉浸在思緒裡。打開一本讓我在佛羅倫斯所費不貲的書冊時，我的眼睛滿盈淚水。耳邊傳來哀號，以及來來往往的急促腳步聲，外頭一陣騷動。我知道隨時會有人從我手中奪走這本書，但不願想到這件事，只是思考書裡的內容。彷彿書中的思想、文句及關係狀態，等同我害怕失去的過往人生。我輕聲隨意唸著書中的文句，彷彿吟誦祈禱文。我拚命想把整本書銘刻在記憶中，這樣一來，當他們真的來了，就不會想到他們，也不會想到他們將帶給我怎樣的苦難，而是記起自己過去的模樣，有如回想我欣喜誦記的書中雋言。

那些日子裡，我是一個全然不同的人，甚至母親、未婚妻和朋友稱呼我的名字也不一樣。有一段時間，我仍會夢見那個曾經是我的男子，或說我現在相信是我的男子，然後汗流浹背地醒來。記憶中的那個人已經褪色，有如不曾出現的土地、從未存在的動物，以及我們隨後年復一年發明的驚奇武器，交織出夢一般的幻影。當時，他二十三歲，在佛羅倫斯及威尼斯研讀「科學與藝術」，自認懂得一些天文學、數學、物理和繪畫。當然，他是自負的，領略過前代多數成就後，一切都不放在眼裡；他毫不懷疑自己會有更好的成就；他無人能敵；他知道自己比任何人都更聰明、更具創造力。簡單說，他是一般的年輕人。當我必須為自己編造一個過去，而思及這個與摯愛的人談論他的激情、他的計畫、這個世界和科學，並把未婚妻崇敬自己視為理所當然的年輕人——其實就是我自己時，讓我感到痛苦不已。但是，我用這樣的想法安慰自己，有朝一日會有一些人耐心看完我現在所寫的一切，了解我不是那個年輕人。而且，或許這些耐心的讀者會像現在的我一樣，認為這位讀著他珍貴書籍之際，放棄自己人生的年輕人，他的故事隨後就從它中斷的地方繼續。

土耳其水手扔下滑軌登船時，我把書放進行李箱，凝視外面的景象。船上爆發了大混亂。他們要所有人聚集在甲板上，將大家剝得精光。我心中一度閃過可以趁亂跳船的念頭，但猜想他們可能會往海裡對我開槍，或是抓我回來立刻處死，況且無論如何，我不知道我們離陸地還有多遠。起初沒人找我麻煩。穆斯林奴隸解開了鎖鍊，欣喜呼喊，一群人立刻對曾鞭打他們的人展開報復。他們很快就在艙房找到我，衝進來掠奪我的財物，翻找行李箱搜尋黃金。他們拿走一些書和所有衣服，當我苦惱地注視遺下的幾本書時，有人抓住我，帶到其中一名船長面前。

我後來得知，這位待我不錯的船長，是改變宗教信仰的熱那亞人。他問我是做什麼的。為了避免被抓去划槳，我馬上聲稱自己具有天文學和夜間航行的知識，但沒什麼效果。接著，憑靠他們沒拿走的解剖書，我宣稱自己是醫生。當他們帶來一名斷了手臂的男子，我抗議說自己不是外科醫生。這讓他們大為不快，準備送我去划槳，直到那位船長注意到我的書，問我對尿液及脈膊是否有所了解。我給了他肯定的回答，逃過划槳的命運，甚至得以搶救下一些書。

但這項特權讓我付出沉重的代價。其他被帶去划船的基督徒，馬上恨我入骨。如果可以的話，他們會在夜間囚禁我們的牢房殺掉我，但他們不敢，因為我非常迅速地和土耳其人建立了關係。我們懦弱的船長剛遭火刑處死，對曾鞭打奴隸的水手，他們先是割下耳鼻，然後放上木筏任其漂流，作為一種警告。在我僅用常識而非解剖學知識治療過幾名土耳其人，而他們的傷自行復元之後，大家都相信我是醫生。即使那些因嫉妒心驅使而告訴土耳其人我根本不是醫生的人，晚上也在牢房要我治傷。

我們以壯觀的儀式航進伊斯坦堡。據說，年幼的蘇丹正看著典禮的進行。他們在每支桅杆上升起自己的旗幟，並於尾端掛著我們的旗子、聖母瑪利亞的肖像及倒掛的十字架，讓跳上船的該城激動人士瞄準射擊。大砲射向天際。和日後那些年我懷著哀傷、厭惡及歡欣的複雜心情，從陸地上觀看的許多儀式一樣，這個儀典進行了很長時間，許多觀眾晒到昏厥。接近傍晚時分，我們才在卡辛帕沙下錨。他們把我們帶到蘇丹面前之前，用鍊條銬住我們，讓我們的士兵可笑地前後反穿盔甲，把鐵箍套進我們軍官的脖子，並且耀武揚威，大肆吹響從我們船上拿走的號角和喇叭，將我們帶往皇宮。城裡的人成列站在街巷，饒富興味及好奇地看著我們。蘇丹隱身在我們目光未及之處，挑出他的奴隸，並把這些蘇丹奴隸與其他人隔開。他們經由金角灣，以划槳小船把我們送到加拉塔[8]，塞進沙迪克帕夏[9]的監獄。

這個監獄是悲慘的地方。在狹小潮溼牢房的骯髒環境中，數百名俘虜衰弱憔悴。我在那裡遇到許多人，得以實習我的新職業，而且真的治癒了其中一些人，還為守衛開立背痛或腿疼的處方。所以，我在這裡受到與其他人不同的待遇，獲得一個有陽光的牢室。看到其他人的遭遇，我試著對自己的境遇心懷感謝。但某天早晨，他們把我和其他犯人一起叫醒，要我外出勞動。當我抗議說自己是醫生，有醫藥及科學知識，卻換來一頓訕笑：帕夏的庭園要建造圍牆，需要人手。每天清晨，太陽還未升起，我們就被鍊在一起帶出城。經過整天搬運石頭的工作後，傍晚我們依舊彼此相鍊，跋涉返回監獄。我心想，伊斯坦堡的確是美麗的城市，但是待在這裡的人，必須是主人，而非奴隸。

然而，我仍然不是尋常的奴隸。人們已聽說我是醫生的事，所以現在我不只照料獄中衰弱的奴隸，也看護其他人。我必須從行醫所得中拿出一大部分，交給把我夾帶到外面的守衛。藉由逃過他們眼睛的那些錢，我可以繳交土耳其文的學費。我的老師是一個和藹可親的老人家，掌理帕夏的瑣事。他看到我的土耳其文很快上手，非常高興，還說我很快就會成為穆斯林。每次上完課，我都必須逼他收下學費。我還給他錢替我買食物，因為我決心好好照顧自己。

一個霧氣瀰漫的夜晚，一位官員來到我的牢房，說帕夏想見見我。我懷著驚訝與興奮的心情，立即打理自己。我心想也許是家鄉的寬裕親戚、父親，或者未來的岳父，為我送來了贖金。穿過大霧，沿著蜿蜒狹窄的街道行走時，我覺得彷彿會突然看見自己家，或者如大夢初醒，發現自己和摯愛的人面對面。或許，他們還設法找人來談判讓我獲釋；或許，就在今夜，於同樣的濃霧中，我會被帶上船送回家。但進入帕夏的宅邸後，我了解自己不可能如此輕易獲救。在那裡走動的人正翹首盼望。

8 譯注：加拉塔（Galata），高塔原建於六世紀，十四世紀大火後重建，曾作為監視熱那亞移民的地方，以及當作監獄和天文台。

9 譯注：帕夏（pasha），土耳其高級文武官員。

他們先帶我進一處長廊等待，然後引領我進入其中一個房間。一個和善的瘦小男子蓋著毛毯，舒展著身子躺在一張小睡椅上。一個孔武有力的魁梧男子站在他的旁邊。躺著的男人就是帕夏，他招手示意我近身，我們談話，他問了一些問題。我說自己真正的研究領域是天文學、數學，也對工程學稍有涉獵，也有醫學知識，並且治療了許多病人。他不斷問我問題，說我能這麼快學會土耳其文必定是聰明的人。當我正打算告訴他更多事時，他提及自己有個健康上的問題，其他醫生束手無策，聽到關於我的傳聞後，希望讓我試試。

他開始描述自己的問題，我不由得認為這是一種只會侵襲世上帕夏的罕見疾病，因為他的敵人以流言欺騙了神。但是，他只是抱怨呼吸急促。我仔細詢問，聽他的咳嗽聲，然後去廚房用手邊現有的材料，製作薄荷口味的綠含片，我也準備了咳嗽糖漿。由於帕夏害怕被人下毒，我先在他面前啜飲一小口糖漿，並配著一顆含片吞下。他告訴我，我必須悄悄離開宅邸，注意不要被看見，小心返回監獄。後來官員解釋，帕夏不希望引起其他醫生的嫉妒。隔天我又到帕夏宅邸，聽判他的咳嗽聲，並給了同樣的藥。他看到我留在他掌心的那些色彩鮮豔的含片，高興得像個孩子。走回牢房時，我祈禱他的狀況能夠好轉。翌日吹起了北風，溫和涼爽，我想即使自己沒有意願，這樣的天氣仍將使健康改善，但卻沒聽見任何消息。

一個月後，我再次受召喚，同樣正值午夜。帕夏精神奕奕地自行站起。我很寬慰地聽見他出聲斥責一些人後，呼吸仍舊順暢。他很高興見到我，說自己的病已經痊癒，我是個良醫。我想要什麼回報？我知道他不會馬上放我回家。因此，我抱怨自己的牢房，還有獄中的處境。我解釋說，如果從事天文學和醫學，我會更有用處，但是沉重的勞役讓我筋疲力竭，無法發揮。我不知道他聽進了多少。他給了我一個裝滿錢的錢包，但守衛拿走大部分。

一星期後一個晚上，一名官員來到我的牢房，先要我發誓不企圖逃跑，然後解開了我的鎖鍊。我仍被叫出去工作，但是奴隸工頭現在給我較好的待遇。三天後，那名官員為我帶來新衣服，我知道已得到帕夏的保護。

我仍會在夜間被召至不同宅邸。我替老海盜的風溼症、年輕水手的胃痛開藥，還替身體發癢、臉色蒼白或頭痛的人放血。有一次，我給一個苦於口吃的僕人之子一些糖漿，一週後他就痊癒，還朗誦了一首詩給我聽。

冬天就這樣過去了。春天到來時，我聽說數月沒有召見我的帕夏，現在正和艦隊在地中海。夏季炎熱的日子裡，有人注意到我的絕望與沮喪，便對我說，我實在沒有理由抱怨，因為我靠行醫賺了不少錢。一名多年前改信伊斯蘭教的前奴隸勸我不要逃跑。他們總會留下一位對他們有用的奴隸，始終未允許他返國，就像留住我一樣。如果我跟他一樣改信伊斯蘭教，可能會為自己換來自由，但也僅此而已。我覺得他說這些只是想試探我，所以告訴他，我無意逃跑。我不是沒有這個心，而是缺乏勇氣。所有逃跑的人都未能逃得太遠，就被抓了回來。這些不幸的傢伙遭受鞭打後，夜間在牢房替他們的傷口塗藥膏的人，就是我。

隨著秋天的腳步接近，帕夏和艦隊一道回來了。他發射大砲向蘇丹致敬，試著像前一年一樣鼓舞這座城市，但他們這一季顯然不如人意，只帶回一些奴隸下放至監獄。我們後來得知，威尼斯人燒了六艘船。我找尋機會和這些大多是西班牙人的奴隸說話，希望得到一些家鄉的訊息，但他們沉默寡言、無知且膽怯，除了乞求幫助或食物，無意開口說話。只有一個人對我感興趣：他斷了一隻手臂，卻樂觀地說，他有一位祖先發生同樣的災難卻存活了下來，用僅存的手臂寫下騎士傳奇。他相信自己大可辦到同樣的事。後來的日子，當我寫著生存的故事時，總憶起這個夢想活著寫故事的男子。不久，獄中爆發了傳染病，這個不吉利的疾病最後奪去逾半數奴隸的性命。這段期間，我靠著買通守衛保護自己。

存活下來的人被帶出去為新計畫賣命。我並未加入。他們晚上談論著如何一路趕去金角灣頂，在木匠、服裝商與畫家的監督下，進行各種任務：他們製作船隻、城堡及高塔的紙模。我們後來得知，原來是帕夏的兒子要和大宰相的女兒結婚了，他正在安排一場壯觀的婚禮。

一天早晨，我被傳喚至帕夏的宅邸。我到了大宅，想著可能是他呼吸急促的老毛病復發。帕夏有事忙碌，我被帶到一個房間坐下等待。過了一會兒，另一扇門打開，一個約大我五、六歲的男子走進來。我震驚地看著他的臉——立刻感到恐懼不已。

2

我和進屋男子的相似程度令人難以置信！在那裡的人是**我**……這是躍入心中的第一個想法。就好像有人想戲弄我，從正對著我方才進來的門那裡，再次帶我入內，然後說，聽著，你真的應該像這樣，你應該像這樣進門，手應該這樣擺，坐在屋裡的另一個男子應該這樣看著你。我們眼神交會，彼此致意。但是，他看來並不驚訝。接著，我判定他其實不是那麼像我，他留著鬍子，而且我似乎已經忘記自己的長相。當他坐下來面對我，我才發現自己有一年沒照鏡子了。

過了一會兒，我剛才走過的那扇門又開了，他被叫進去。等待期間，我想這必定只是出自混亂心智的想像，而不是一個精心設計的玩笑。因為最近我一直在幻想，我會回家受到大家的歡迎，他們將立刻釋放我；或是我其實仍睡在船上的艙房，這一切只是一場夢——類似這類慰藉人心的想法。我幾乎要認定此刻情景也不過是其中一個白日夢，只是栩栩如生，或說是個一切將突然改變、重返原狀的訊號。此時，門打開了，我被傳召入內。

帕夏起身，略略站在模樣和我相似的男子身後。他讓我親吻他的衣衫下襬，當他詢問我的福祉時，我特意提及自己在獄中的苦難，以及希望回國的想法，但他沒有在聽。帕夏似乎記得我對他說過，我有科學、天文學及工程學的知識——那麼，我是否知道關於射向天空的煙火及火藥的事？我馬上回答知道。但剎那間，我注意到另一名男子的眼神，懷疑他們正打算誘我落彀。

帕夏說，他籌畫的婚禮將無與倫比，會有一場煙火表演，但它必須相當與眾不同。至於面貌和我相似的人，帕夏只簡單稱他為「霍加」，意指「大師」。蘇丹誕生時，霍加曾於一名儀式後即去世的馬爾他人安排下，與吞火特技者一起表演，對這些事務略知一二。帕夏認為我可以協助他——我們能彼此互補。如果展示優秀的表演，帕夏會給我們獎勵。我覺得時機已經成熟，於是大膽提出我希望返鄉。帕夏問我，來到這裡之後，是否去逛過窰子。聽到我的回答後，他說，如果對女人沒有興趣，那自由對我又有何用？他說著守衛用的粗俗言語，而我看起來必定很困惑，因為他爆出了笑聲。然後，他轉向他稱為「霍加」的幻影：責任歸他。我們隨之離開。

上午時分，當我走向與我相似之人的屋子時，想像自己沒有什麼可以教導他的。但是，他的知識顯然不比我強。此外，我們都同意：正確的樟腦混合物是整個計畫關鍵所在。因此，我們的任務是仔細備妥依比例與分量調配的實驗性混合物，在塞迪比的高大城牆附近向夜空發射，再觀察推衍出結論。當工人點燃我們準備的火箭時，孩子們帶著敬畏的眼神觀看，我們則站在陰暗的樹下，焦慮地等待結果；而數年後，我們在白天測試那個不可思議的武器時，也是這樣的情景。後來有些實驗是在月光下進行，有些則在漆黑的夜空中，我用一本小冊子記下觀察筆記。夜晚各自就寢前，我們會先回到霍加的房子，眺望金角灣，仔細討論實驗結果。

他的屋子既小又有壓迫感，平凡乏味。房子大門在一條彎曲的街道上，這條街被一道骯髒的溝渠弄得泥濘不堪，而我一直未能找到這道溝渠的源頭。屋內幾乎沒有家具，但每次進屋，我總有一種緊迫的感覺，並被奇怪的憂慮感淹沒。或許，這種感覺是源自這名男子：他看著我，似乎想從我這裡學得什麼事物，但還不確定那是什麼。他要我叫他「霍加」，因為他不喜歡和祖父有同樣的名字。由於我不習慣坐在沿牆排列的低睡椅上，所以站著和他討論我們的實驗，有時緊張地在屋內來回踱步。我相信霍加享受這個情景。只需藉由油燈的微弱光線，他便能盡情地坐著觀察我。

當我感受到他的視線時，對於他並未察覺我們的相似，感到更加不自在。我曾數度認為，他其實發現了，只是假裝沒有。那就好像他正在玩弄我，正在我身上從事一種小實驗，獲取我不明白的訊息。因為前幾天，他一直端詳我，彷彿在學些什麼，而他學得愈多，就愈好奇。但是，他似乎有點猶豫是否要採取進一步行動，洞悉這種奇怪知識的意義。就是這種懸而未決讓我感到壓迫，使這棟房子如此令人窒息！確實，我從他的遲疑得到些許信心，但是這並未讓我安心。有一次，我們討論實驗時，他再度問我為何仍未改信伊斯蘭教。我覺得他正悄悄試著把我引進某種爭論之中，所以沒有回答。他察覺到我的壓抑，我知道他因此看不起我，這種想法讓我生氣。那段日子，我們可能只藉由這種方式了解對方：我們互相輕視。我壓抑自己，心想如果我們能毫無意外地成功交出煙火表演，他們就會准許我返鄉。

一天晚上，一只火箭成功飛升到不尋常的高度，大受鼓舞的霍加說，有一天他會製造出可以飛到像月亮那麼高的火箭；唯一的問題是找出必要的火藥比例，並且鑄造出能容納這個混合物的藥匣。我指出，月亮可是非常遠。他卻打斷我說，他和我一樣清楚這件事，但它不也是離地球最近的星球？當我承認他說得沒錯時，他並沒有如我預期的放鬆心情，甚至變得更激動，只是沒再說什麼。

兩天後的午夜，他重提這個問題：我如何能這麼確定月亮是最近的星球？或許，我們都被某種視力的錯覺給欺騙了。那是我第一次和他談及對天文學的研究，並且簡單向他解釋托勒密的宇宙結構學原理。我發現他很感興趣地聆聽，卻不願說出任何可能顯現好奇心的話。我談完不久，他說，他對托勒密的學說也有所涉獵，只是那並未改變他認為可能有一個星球比月球還近的想法。直到凌晨，他都談著這樣一個星球，彷彿已取得其存在的證據。

隔天，他塞給我一份翻譯得很糟糕的手稿。儘管我的土耳其文不好，還是看得懂：我認為它是《天文學大成》[10]的二手結論，並非原創，而是來自另一個結論；只

10 譯注：《天文學大成》（*Almagest*），托勒密（Ptolemy）的著作，共十三卷，前八冊為希臘天文學大成，後五冊介紹五大行星運動的周轉圓模型，書中以地球為宇宙中心的「地心體系」在歐洲盛行約十三世紀。

有星球的阿拉伯名字引起我的興趣，但當時實在沒有心情為此感到興奮。霍加見我反應冷淡，而且很快把書放到一旁，覺得很生氣。他為這本書花了七枚金幣，我唯一該做的就是拋卻我的自大，翻開書埋首研讀。於是，我像個聽話的學生，再度打開這本書，耐心翻閱。這時我看到一幅簡略的圖表。圖中的星球是粗糙繪製的球體，依照與地球的關係來安排位置。雖然球體的位置正確，繪製者對星球間的距離卻一無所知。接著，我注意到月球與地球之間的一顆小星球。經過略為仔細檢視，從它頗為清晰的墨汁看來，我研判它是後來才加進手稿的。看完整份手稿後，我把它還給霍加。他告訴我，他打算找到這顆星球，神情一點都不像是開玩笑。我不發一語，一種讓他和我同感沮喪的沉默蔓生。由於我們再也沒能製造出高飛到足以引出天文學對話的另一支火箭，也就沒有重提這個話題。我們小小的成功仍只是一個巧合，它的神祕我們沒能解答。

但是，就光亮及火焰的熾烈與明亮程度來說，我們有了非常好的成果，而且明白這項成功的祕訣：霍加在一家藥草店逐一搜尋，找到一種連店家也不知道名字的藥粉；我們認為這種可以產生超高亮度的微黃粉末是硫磺與硫酸銅的混合物。後來，我們把任何認為可能增強亮度的物質，與這種粉末混合，卻頂多得出一種咖啡色調的棕色，以及幾乎無法區分的淡綠色。根據霍加的說法，這樣已經非常好了，伊斯坦堡前所未見。

我們在慶典第二晚進行的表演也是如此，大家都這麼說，甚至包括背著我們密謀的對手。得知蘇丹從金角灣遠岸抵達觀看時，我非常緊張，害怕出差錯，導致必須再等許多年才能返家。接令展開演出時，我作了禱告。首先，為了歡迎來賓並宣示表演開始，我們發射直入天際的無色火箭；隨後立即展開我與霍加稱為「磨坊」的圓圈表演。伴隨驚人的轟隆爆炸聲浪，天空旋即變成紅色、黃色和綠色。它甚至較我們預期得更美麗。圓圈隨著火箭飛升加快速度，旋轉再旋轉，驟然把附近地區照亮得如同白晝，宛若靜止般飄浮在空中。有一瞬間，我覺得自己又回到威尼斯，成為那個第一次觀看煙火的八歲男孩，只為自己新的紅外套被哥哥穿走而不開心。哥哥的外套在前一天的吵架中被撕破，他穿著我當晚不能穿也發誓永遠不會再穿的鈕釦外套，天空的煙火與外套的顏色一樣紅，也和外套上搭配的鈕釦一樣鮮紅。對哥哥來說，這件外套太緊了點。

接著，我們展開稱為「噴泉」的演出。火焰從五人高的架台開口湧出，站在遠岸的人們能享有觀賞噴流火焰的好視野。當火箭自「噴泉」口發射而出，他們一定和我們一樣興奮，而且我們無意讓他們的興奮之情消褪：金角灣上的划槳小船開始移動。先是紙模的高塔與堡壘航行通過時，從砲塔發射火箭，隨後塔堡著火，燃起熊熊火焰——這是用來象徵前幾年的勝利。當他們放出代表我被俘虜那年的船隻時，其他船隻以傾瀉的火箭砲火攻擊我們的船。我重新回味起自己成為奴隸的那個日子。船隻著火沉沒時，兩岸響起「真主，哦，真主！」的呼聲。接著，我們逐一放出火龍。火焰從它們巨大的鼻孔、血盆大口及尖突的耳朵噴出。我們讓它們彼此戰鬥，和計畫一樣，剛開始它們都無法打倒對方。我們自岸邊發射火箭，把天空染得更紅。待天空略微轉暗，槳船上的人員轉動絞盤，火龍開始緩緩升上天際。此刻大家敬畏地尖叫，火龍展開激烈戰鬥彼此攻擊時，槳船上所有火箭齊射。我們置於火龍內部的燈芯必定同時引燃，因為整個場景如同我們期望的，開始轉為一座燃燒的地獄。聽見附近一個孩子的尖叫與哭泣聲後，我知道我們成功了；他的父親目瞪口呆地望著懾人的天空，忘了男孩的存在。我想，我終於可以獲准返鄉了。就在那時，我稱為「惡魔」的怪物乘著一艘清晰可見的黑色划槳小船，滑進地獄。我們在上面綁了許多火箭，讓人擔憂所有槳船會不會連同我們的人員付之一炬，但一切依計畫進行。戰鬥的火龍消失於天際，噴出火焰；「惡魔」和它的火箭全部立即著火，飛撲空中。火球從爆炸身軀的各部分散落，在空中隆隆作響。想到我們一度震驚整個伊斯坦堡，讓我興高采烈。我同樣也感到害怕，因為我似乎終於找到勇氣，去做人生中真正想做的事。在那個時刻，我身處哪個城市好像不再重要；我希望那個惡魔飄浮空中，徹夜對人群灑下火焰。它開始左右搖擺，最後伴隨著岸邊狂喜的呼喊，飄落在金角灣中，沒有危及任何人。沉入水裡時，它的頂部仍噴湧出火花。

隔天上午，就和童話一樣，帕夏賞給霍加一筆黃金。他對表演非常滿意，但覺得「惡魔」的勝利有點奇怪。我們又表演了十晚煙火秀。白天我們修復燒毀的模型，策畫新表演，並找來獄中的俘虜填裝火箭。十袋火藥在一名奴隸臉上爆開，導致他失明。

婚禮慶典結束後，我沒有再見到霍加。能夠遠離這個不斷觀察我的古怪男子的探究眼神，著實讓我自在許多，但這不意謂我的思緒不曾漫遊回到我們共度的興奮時光。返鄉後，我會告訴所有人關於這個和我長得極為相像的人，但不會提及這種令人難以忘懷的相似。我待在牢房裡，看護病人打發時間。聽到帕夏召見時，我感到一股近乎快樂的戰慄，急速趕往。他先是敷衍地讚美我，說大家都很滿意這次煙火秀，賓客非常開心，我很有才華之類。突然間，他說，如果我成為穆斯林，他馬上會讓我自由。我大為震驚，目瞪口呆，說自己想回國，甚至愚蠢地結巴提及母親和未婚妻的事。帕夏彷彿沒有聽見我的話，只是重複剛剛說的語句。我沉默了一會兒。不知為何，我想到小時候認識的一些懶惰的窩囊男孩，那些威脅攻擊父親的壞孩子。當我說不會放棄自己的信仰，帕夏大發雷霆。我回到了監獄。

三天後，帕夏又召見我。這次他心情愉快。我還沒作出決定，無法確定改變信仰是否有助於逃脫。帕夏詢問我的想法，並說會親自安排我和當地的美麗女子成婚。趁著一時的勇氣，我表示自己不會改變信仰。帕夏大感驚訝，說我是笨蛋。畢竟，我身邊沒有什麼人士，會讓我恥於允諾變成穆斯林。接著，他說了一些伊斯蘭教的誡令。說完之後，又送我回獄中。

第三次造訪時，我並未被帶到帕夏面前。一名管家詢問我的決定。或許我會改變主意，但絕不會是因為一名管家問我！我說還不打算放棄自己的信仰。這名管家抓住我的手臂，帶我下樓交給別人。對方是一個高大的男子，瘦得有如一位我經常夢見的人。他也抓住我的手臂，只是親切得如同對待一名衰弱的病人，把我帶到庭園一角。有人向我們走來，這個人有著龐大的身軀，真實到不像會出現在夢中的人。兩人在一處牆邊停下，綑綁我的雙手，其中一人還帶著略小的斧頭。他們說，帕夏已下令，如果我不成為穆斯林，就要立即斬首。我嚇壞了。

我又想，或許沒那麼快。他們同情地看著我。我不發一語。過了一會兒，正當我對自己說，千萬別再問我時，他們真的又問了。突然間，我的宗教似乎成了一種可以輕易為之犧牲的事物。我覺得自己很重要，又因兩名男子採取的手段而憐憫自己，他們愈是質問我，我愈難以放棄自己的信仰。我試著思考別的事情，從窗子眺望我們屋後庭院的景色，那些景物顯得栩栩如生：桌上一只鑲嵌珍珠母貝的盤子中放著桃子與櫻桃，桌子後方有一張墊著稻蓆的睡椅，上面散落與綠色窗框同樣顏色的羽毛軟墊；更遠處，他看見有一隻麻雀棲息在橄欖與櫻桃林間的井邊。一只鞦韆以長索掛在胡桃樹高枝底下，隨著幾乎無法察覺的微風輕輕擺盪。他們再次詢問我時，我說，我不會改變信仰。於是他們指著一個樹樁，要我跪下，把腦袋擺在上頭。我閉上眼，然後又張開眼睛。其中一人舉起斧頭。另一人說，或許我已對自己的決定感到後悔，這時他們拉我起身，說我應該再思考久一點。

他們一邊讓我重新考慮，一邊在樹樁旁邊的土地上挖洞。我心想，他們可能馬上就要把我埋在這裡；除了懼怕死亡，我還感受到被活埋的恐懼。我告訴自己，等他們挖好墓穴朝我走來，我就會決定心意。他們只挖了一個淺洞。那一刻，我覺得喪命於此是一件極其愚蠢的事。我覺得自己可以變成穆斯林，但我沒有時間下決定。如果能回到監獄，回到終於開始習慣的可愛牢房，我可以徹夜不眠地思考，作出改信伊斯蘭教的決定，但不是現在這樣，不是馬上。

他們突然抓住我，推我跪下。把頭放上樹樁前，我迷惑地看見有人飛快地穿過樹林。那是我，只是有著長長的鬍子，略微洋洋得意地走著。我想呼喊這個我自己的林間幻影，但頭被壓放在樹樁上，讓我說不出話來。我心想，這與睡覺並無不同，於是放鬆自己，等候。背上與頸背傳來一陣寒顫，我不想思考，但頸子上的涼意讓我繼續思索。他們拉我起身，嘟囔著帕夏一定很生氣。解開我的雙手時，他們訓誡我說：我是真主和穆罕默德的敵人。他們把我帶回官邸。

帕夏讓我親吻他的衣服下襬，和善地對待我。他說，他很喜愛我不為求生而放棄信仰，但沒多久卻開始叫嚷咆哮，說我的頑固毫無道理、伊斯蘭教是優秀的宗教等等。他愈罵愈氣，原已決定要處罰我。他開始說明，他對某人有承諾，我終於明白是這個承諾讓我免於原本可能遭受的災難。據他所說，他承諾的對象是個怪人，我這才了解那個人就是霍加。接著，帕夏突兀地說，他已經把我當成禮物送給霍加。我茫然地看著他。帕夏解釋道，我現在是霍加的奴隸。他給了霍加一份文件，現在霍加有權力決定要不要放我自由，從現在起，他可以任意處置我。帕夏離開了房間。

他們告訴我，霍加也在官邸，並在樓下等我。於是我領悟，在庭園林間看到的人就是他。我們走回他家。他說，他一開始就知道我不會放棄信仰。他甚至已在家中為我備好一個房間。他問我餓不餓，由於死亡的恐懼仍存留在身上，我吃不下任何東西。但是，我還是嚥下幾口他放在我面前的麵包及酸奶。我吞嚼食物時，霍加開心地看著我。他看著我的愉快表情，有如農夫餵著自己剛從市集買下的好馬，一邊想著未來牠會為自己做的所有事情。直到他忘記我的存在，埋首自己宇宙結構學理論的細節，以及設計打算送給帕夏的時鐘之前，我有很多機會能把這副表情深深烙印在心底。

後來他說，我以後要教導他一切。這是他請求帕夏把我送給他的原因，而且只有在完成這件工作後，他才會還我自由。幾個月之後，我才了解這所謂的「一切」是什麼。「一切」意指所有我在初級小學與中等學校學到的一切；所有天文學、醫藥、工程學，一切我的國家教授的事物。那是隔天他要僕人去我的牢房取回的書本中記載的一切，所有我曾經聽聞與見識的事，所有我對於河流、橋樑、湖泊、洞穴、雲、海、地震及雷電成因的看法……午夜時分，他又補充，星辰與行星才是他最感興趣的事物。月光從敞開的窗戶流瀉進來，他說，我們起碼必須找到關於在月球與地球間那個行星是否存在的明確證據。當霍加逐漸不再使用「教導」這個字眼時，我不禁以一個整天在死亡邊緣打轉的男子的疲憊眼神，再次注意到我倆令人膽怯的相似：我們將一起探索，一起發現，一起進步。

所以，就像兩個有責任感的學生，即使沒有大人在家透過龜裂的門聆聽，我們仍認真研讀功課。我們坐下來研習，宛如兩名順從的兄弟。剛開始，我自覺像是同意複習舊時功課以幫助懶惰小弟趕上進度的焦慮兄長；而霍加的表現則像努力證明兄長其實沒比他多懂多少的聰明男孩。對他而言，我們之間知識的差距，不過就是他從我牢房搬來並排放在一個書架上的書本數量，以及我所記得的書籍內容。藉由驚人的勤奮與敏捷的心智，六個月內他就對義大利文有基本的領悟，後來更繼續精進。這段時間，他還讀遍我所有的書，並且要我向他複述我所記得的一切，我再也不比他優秀。可是，他表現得就像自己得到凌駕於書本的知識——他本身認同書裡的知識大多不足取——而且比起可以學習得來的事物，他得到的知識更為自然且深奧。六個月之後，我們不再是一起讀書、一起進步的同伴。提出想法的人是他，我只會提醒某些細節以協助他，或是複習他已經知道的事。

他常常在晚上發現這些我大多已經忘懷的「想法」，那時距離我們吃完隨意湊合的晚餐已過了很久，鄰居所有燈火已熄滅，周遭一切事物包圍在寂靜之中。他早上會到幾個街區外的清真寺附設小學教書，每星期有兩天前往我不曾去過的遙遠地區，造訪一處清真寺計算禮拜時間的計時室。其餘時間，我們不是為晚間的「想法」作準備，就是追尋這些想法。當時，我仍抱持希望，相信自己可以很快返鄉。此外，對於那些興趣不大的「想法」，我認為與他爭論細節只會延宕回家的時間，所以從未直接和霍加唱反調。

我們就這樣度過第一年，埋首於天文學，努力為那個想像中的行星，找出它存在或不存在的證據。但當霍加致力為自法蘭德斯進口的昂貴鏡片設計望遠鏡、發明儀器與擬出圖表時，他忘了這個行星的問題，涉入更深奧的難題。他說他懷疑托勒密的天動說，但我們並未為此爭辯。我會聆聽他的議論：他表示，相信行星懸掛在透明的天體上相當愚蠢，必定有某種東西在那裡支撐它們，那是一種無形的力量，或許是一種引力。接著，他提出地球可能像太陽一樣，也是繞著某種東西旋轉，而所有星球或許都繞著我們對其存在一無所知的天際中心旋轉。後來，他宣稱自己的思想比托勒密學說更包羅萬象，並加入一些觀察到的新行星，推衍出更廣泛的宇宙結構學與新體系的理論：或許月球是繞著地球旋轉，地球繞著太陽旋轉，或許那個中心是金星；但他很快就厭倦了這些理論。他僅重點說明，現在的問題不在提出這些新理論，而是讓這裡的人們了解星球及其運動——而他會與沙迪克帕夏著手進行這項任務——那時他得知帕夏已遭驅逐到艾祖隆，他似乎捲進一個失敗的陰謀。

等待帕夏結束流亡返鄉那幾年，我們進行一項學術論文研究，霍加撰寫了博斯普魯斯海峽潮流的成因。我們花了數月觀察潮汐，頂著刺骨的冷風，漫步在可以眺望海峽的懸崖上，帶著各式容器走下山谷，測量流入海峽的河流溫度及流向。

我們曾在帕夏的請求下，前往離伊斯坦堡不遠的城鎮蓋布澤三個月，替他照管一些事業。此時，清真寺不一致的禮拜時間引發霍加的新想法：他要製造一個可精準顯示禮拜時間的時鐘。就是在這個時候，我讓他知道什麼才是真正的桌子。當我把這張木匠根據我指示的規格製造出來的家具帶回家時，霍加並不高興。他把它比喻成四隻腳的棺材，說它不吉利，但後來開始習慣這些桌椅。他說這使他更會思考與書寫。我們必須回到伊斯坦堡，為鑄成與落日弧度一致的橢圓形祈禱鐘找尋裝備。回程時，那張桌子四腳朝天安置在騾子背上，一路跟著我們回家。

在我們面對面坐在桌邊的前幾個月，霍加試著找出計算北方國度禮拜與齋戒時間的方法。這些地方日夜長短變動極大，人們可能數年看不到太陽露臉。另一個問題是，地球上是否有這樣的地方，讓人們無論轉向哪裡都可以面向麥加？他愈是了解到我對這些問題的漠不關心，態度便愈加鄙視。但我當時認為，他明白我的「優秀和不同」，而且或許他的急躁是來自相信我也清楚這一點：就像討論科學一樣，他也談論智識；帕夏回返之後，他的計畫、宇宙結構學理論及新時鐘將得到支持，他的宇宙結構學理論會有更進一步的發展，並且以模型的方式展現；他內心燃燒的求知欲與熱情將感染所有人，他會灑下引發新復興的種子。我們兩人都在，等待。

3

那些日子裡，他思考如何研發出一種較大的齒輪機械結構，讓時鐘只需一個月調整與校準一次，而非一星期。研究這項齒輪裝置時，他心中想著設計出只需一年調校一次的時鐘。最後他終於宣布，問題的關鍵在於能提供足夠的動力，推動這座偉大計時器的嵌齒輪，因為嵌齒輪的數量及重量必須依據調校的時間總計增加。就在那天，他自清真寺計時室的友人口中得知，帕夏已從艾祖隆返鄉，並接掌更高的職務。

隔天上午霍加便前往祝賀。眾多訪客中，帕夏特別點出他，對他的發明表示興趣，甚至問起我的事。當天晚上，我們一再拆開重組那個時鐘，在宇宙模型各處加了一些東西，並用刷子為星球上色。霍加向我朗誦辛苦寫出及背下的演講稿內容，希望以優雅用語與點綴著詩韻的真正力量，讓聽者感動。到了早上，為了平息緊張情緒，他再次對我背誦這份關於行星旋轉邏輯的華麗文章。但這次彷彿唸咒語一般，他倒著背誦。把我們的裝置放上一輛借來的馬車後，他出發前往帕夏宅邸。我看到幾個月間擠滿屋子的時鐘與模型，在一匹馬拉著的貨車上居然顯得如此渺小，不禁吃了一驚。當天晚上，他很晚才回來。

霍加在官邸庭院卸下這些裝置後，帕夏以一種無心玩笑且脾氣暴躁的老人嚴格態度，檢視這些奇怪的物品。霍加馬上向他背誦自己熟記的演說。如同多年後蘇丹說的，帕夏話中暗指著我，對他說道：「是他教你這些玩意兒的嗎？」這是他剛開始唯一的反應。霍加的回答讓帕夏更驚訝：「誰？」他問道，隨即明白帕夏指的是我。霍加告訴他，我是個博覽群書的笨蛋。當他敘述這件事時，並沒有想到我，帕夏宅邸發生的事盤踞了他所有心思。他堅稱一切都是自己的發明，但帕夏並不相信。他似乎想找個人來怪罪，而他的心不容許自己喜愛的霍加屬於有過失的一方。

這就是為什麼他們沒有談論星辰，反倒談起我的事。我可以想見，霍加對討論這個話題不太高興。帕夏的注意力受周遭其他賓客吸引時，他們陷入沉默。晚餐時，霍加再度嘗試帶起天文學及關於他的發明的話題。帕夏說，他曾試著憶起我的面孔，想到的卻是霍加。在座的其他人開始閒聊人類如何成雙成對被創造出來的話題，也提及一些誇張的例子：連親生母親都無法分辨的雙胞胎；相像的人看到彼此大感驚訝，卻著魔似地再也無法分離；歹徒盜用無辜人士的名字，過著他們的人生。晚餐結束後訪客漸次離去，帕夏要霍加留步。

當霍加再度發表言論時，帕夏剛開始顯得難以取悅，甚至為自己的好心情再次受到一堆混雜且似乎不可能理解的資訊破壞，大感不快。但後來，第三度聆聽霍加背誦的演說，同時看到我們太陽系儀的地球與星辰在眼前轉動後，他似乎理解了一點，至少開始專心聽霍加說話，顯現些微好奇心。當時，霍加激動地重複星辰並不是大家所相信的那樣，而太陽系儀上顯示的才是它們運轉的方式。「很好，」帕夏最後說道：「我了解，這畢竟也有可能。為什麼不呢？」霍加的回應是不發一語。

我猜想，當時必定出現一段漫長的沉默。霍加終於開口說話，一邊看向窗外金角灣上的黑暗。「為什麼他要停在那裡，為什麼他不再說點什麼？」如果這是個疑問，我並不比他更清楚答案：我懷疑，帕夏後來可能還說了些什麼，霍加也抱有意見，但他什麼都沒說。他的樣子就好像其他人沒有分享他的夢想，為此感到不快。後來帕夏對時鐘產生興趣，要他打開鐘，解釋嵌齒、機械結構與平衡錘的作用。接著，他像接近一個令人討厭的黑暗蛇穴般，害怕地把一根手指伸進這個計時裝置，又迅速縮回。就在霍加提及鐘樓，頌揚所有人精準地於同一時間進行的那種禮拜力量時，帕夏突然爆發了。「擺脫他！」他說：「如果你希望，可以毒死他，如果你希望，還可以釋放他。這樣你會比較自在。」我必然懷著恐懼與期望，看了霍加一眼。他說，直到「他們」了解之前，他不會還我自由。

我並未詢問所謂「他們」必須了解指的是什麼。或許，我有著不祥的預感，知道自己可能會發現霍加其實也不知道那是什麼。後來，他們談了其他事，帕夏蹙眉而鄙夷地看著面前的儀器。霍加雖然明白自己不再受歡迎，仍在官邸一直待到深夜，滿懷期望地等待帕夏重燃興趣。最後，他把儀器裝置裝上馬車。我心中描繪出一個景象：漆黑寂靜的道路後方，一間屋子裡有人躺在床上輾轉難眠，為伴隨轆轆車輪的巨大時鐘滴答聲而大感不解。

霍加一夜無眠到破曉。我想更換燃盡的蠟燭，卻被他制止。由於知道他希望我說點什麼，所以我說了句：「帕夏會了解的。」說這句話的時候，天色仍暗，或許他和我一樣明白，我其實並不這麼想。但沒多久，他大聲說：整個問題是在解開帕夏停止談話當時的謎團。

為了找出答案，一有機會他就去見帕夏。這次帕夏愉快地問候霍加。他說，他已了解發生的事，或說原本計畫的事。安撫霍加的感受之後，他提出從事武器研究的建議。「一種把世界變成我們敵人牢獄的武器！」這就是他說的話，但他並未指出這種武器是什麼樣的東西。如果霍加把自己對科學的熱情轉向這個領域，那麼帕夏應該會支持他。當然，對於我們期望的捐助，他什麼都沒說。他只是給了霍加一只裝滿銀幣的錢包。我們在家裡打開錢包，清點裡面的錢：有十七枚銀幣——真是奇怪的數字！給了這只錢包後，他說會說服年幼的蘇丹給霍加一個謁見的機會。他解釋說，小蘇丹對「這種事」感興趣。無論是我或是比較容易陷入狂熱的霍加，都沒有太認真看待這項承諾，但是一週後卻傳來消息。晚間開齋後，帕夏將把我們——對，包括我——引見給蘇丹。

霍加預作準備，再次修改、熟記對帕夏背誦的演說，這次改變是為了讓九歲孩童了解其中的內容。但不知為何，他的心思仍在帕夏身上，而不是蘇丹。他仍在思索帕夏那時為何突然陷入沉默。有一天，他會找出其中的祕密。帕夏想製造的那種武器是什麼樣的東西？我沒有什麼可以說的，霍加現在是獨自作業。每當他在上鎖的房間待到午夜，我則失神地坐在窗邊，甚至不去想何時會返家，而是像個蠢孩子一樣作著白日夢，但願在桌邊工作、可以隨時自由前往任何地方的人不是霍加，而是我！

接著，一天晚上，我們把儀器裝上一部馬車，出發前往皇宮。我開始喜歡走在伊斯坦堡的街道上，感覺自己像是隱形人，在高大洋梧桐、栗樹與紫荊林間移動的幽靈。在隨從的協助下，我們把儀器架設在他們指定的第二中庭地點。

蘇丹是有著紅潤臉頰的可愛孩子，身材與小小年紀相符。他操作著儀器，把它們當作自己的玩具。如果問問現在的我，是否就是在那個時候開始希望成為他的夥伴與朋友？或是在過了許久的另一個時刻，當十五年後我們再度相遇之時？我說不上來；但是，當時我馬上覺得自己必須好好待他。蘇丹的隨扈在一旁等候，好奇地簇擁上來，霍加一陣緊張。最後，他終於可以開始了。他在報告中加入許多新事物，他談論星辰的方式有如它們是具智慧的生物，把它們比喻成懂得算術和幾何學的神祕迷人生物，根據其知識作旋轉。霍加看見小蘇丹開始受感染，不時抬頭驚奇地看著天空，於是變得更熱切。瞧，模型這裡代表懸掛在透明旋轉天體的星球，那裡是金星，它這樣轉動，懸掛在那裡的大球是月亮，而你知道，它遵循著不同軌道。霍加轉動星辰，附在模型上的鈴鐺發出悅耳的叮噹聲，小蘇丹嚇了一跳而後退一步。接著，他又鼓起勇氣，努力去了解，把它當成具有魔力的寶庫，接近這部鈴鈴作響的機器。

現在，當我重新整理記憶，試圖為自己創造一個過去時，發現這個快樂的景象，符合孩童時期聽到的神話，那正是畫家會在那些童話故事中繪製的圖畫。伊斯坦堡的豔紅屋頂，只該裝進那種一搖動就有雪片捲起的玻璃球體。這孩子開始詢問霍加問題，他則為這些問題找出答案。

這些星星是如何停留在空中的？它們掛在透明的天體上！這些天體是什麼做的？是看不見的東西做成的，所以它們也看不見！它們不會相撞嗎？不會，它們各有自己的區域，就像模型這樣各自分層！有這麼多星星，為什麼沒有這麼多天體？因為它們非常遙遠！多遠？非常、非常遠！其他星星轉動時，鈴聲也會響嗎？不會，我們加上這些鈴鐺是用來標記每一個星星完整的運轉！打雷和這個有關嗎？沒有！那它和什麼有關？雨！明天會下雨嗎？從天空的狀況來看應該不會！有關蘇丹生病的獅子，天空是否透露出什麼訊息？牠會痊癒，但必須有耐心，諸此之類。

對生病的獅子提出看法時，霍加仍有如談論星辰那樣，繼續看著天空。回家後，他提及這件事，並說那不要緊。重要的不是小蘇丹辨別科學與謬論的差異，而是他應該「了解」一些事。他又用了同樣的字眼，彷彿我明白他應該了解的是什麼，而其實我正在想，不管我是否改作穆斯林都沒有差別。我們離開皇宮時，他們給我們一只剛好裝著五枚金幣的錢包。霍加說，蘇丹已領悟星辰的運作是有邏輯的。哦，我的蘇丹！後來，很久以後的後來，我真的認識了他！我驚訝地看著我們的窗外出現同樣的月亮，我想當個孩子！霍加忍不住又回到同樣的話題：獅子的問題不重要，那個孩子喜愛動物，就是這樣。

隔天，他把自己關在房間，開始工作：幾天後，他再次將鐘與太陽系儀裝上馬車，並在格子窗後的好奇眼神注視下，前往初級小學。傍晚回來時，他顯得有點沮喪，但還不到沉默的地步。「我以為那些孩子會像蘇丹那樣明白，但我錯了。」他說，他們聽了霍加的話只是嚇了一跳。當霍加上完課，開始問問題時，一個孩子回答地獄在天空的另一邊，然後開始哭泣。

接下來一星期，他都努力提振自己對君王智慧的信心。他一再和我重溫我們在第二中庭發生的每一件事，尋求我聲援他的判斷：這個孩子很聰明，是的；他已經知道如何思考，是的；他已有足夠的毅力承受宮廷人士施予的壓力，是的！因此，早在後來蘇丹開始在我們身上編織夢想之前許久，我們便已對他懷有夢想。霍加同時也在製作那個時鐘；我相信，他也開始思考起武器的事。獲召晉見帕夏時，他是這麼對帕夏說的。但我知道，他已經放棄帕夏。「他變得像其他人一樣，」他說：「不再希望了解自己不明瞭的事。」一週後，蘇丹再度宣見霍加，他去了皇宮。

蘇丹精神奕奕地接見霍加。「我的獅子好多了，」他說：「如同你預測的。」隨後，在蘇丹侍從的伴隨下，他們走到中庭。蘇丹指著池裡的魚，問他有什麼看法。「牠們是紅的。」霍加告訴我這件事時，說他這麼回答。「否則我想不出還能說什麼。」接著，他注意到這些魚有個行進模式，好像牠們其實正討論著這個模式，並努力讓它盡善盡美。霍加說，他發現這些魚很聰明。聽到霍加的話，一名站在後宮太監旁的侏儒笑了起來，受到蘇丹斥責。蘇丹身邊跟著一群後宮太監，負責不斷在這位君王耳邊提醒其母后的訓誡。為了懲罰這名紅髮侏儒，蘇丹上轎時，不准他坐在隔壁。

他們坐著轎子前往競賽場的獅舍。蘇丹一一向霍加展示獅子、豹子和美洲豹，牠們都被鍊在一座古老教堂的柱子上。眾人停在霍加預測會痊癒的獅子前面。蘇丹對牠說話，向霍加介紹這頭獅子。然後，他們走到躺在角落的另一頭獅子旁邊。這頭獅子懷著小獅，不像其他獅子有骯髒的氣味。蘇丹閃耀著眼睛問道：「這頭獅子會生多少小獅子？有幾頭公的，幾頭母的？」

驚訝之餘，霍加做了一件後來向我形容是「粗心大錯」的事。他告訴蘇丹，自己擁有天文學知識，但不是星相家。「但你比皇室星相家胡賽因．埃芬迪知道得更多！」這個孩子說道。霍加擔心左近的人聽到，傳入胡賽因耳中，所以沒有回答。不耐煩的蘇丹堅稱：如果霍加一無所知，那麼他觀察星辰是否終究只是白費氣力？

為了回應蘇丹的疑問，霍加只好作出原本打算過些時日才作的說明：他答道，自己從星辰學到許多東西，並且根據所學獲得很多有用的結論。蘇丹瞪大眼睛聆聽，而霍加將君王的沉默詮釋為支持，表示有興建星辰觀測台的必要，就像九十年前，蘇丹祖父阿梅特一世的祖父穆拉特三世為剛過世的塔基亞丁．埃芬迪[11]建造的那種觀測台——這座觀測台後來因年久失修而荒廢；或者，打造比這種觀測台更先進的東西：科學院。這個學院不只可以讓學者觀測星辰，還能協助他們觀察整個世界的河流、海洋、雲、山、花草、樹木，當然，還有動物。空閒時，這些學者會齊聚一堂討論觀察心得，促進智識的進步。

蘇丹有如聽著令人愉悅的神話，聆聽霍加談論這項我也是首度聽聞的計畫。搭轎返回宮殿時，他再度問道：「那頭獅子的產子狀況會如何？你覺得呢？」霍加已思考過這個問題，於是回答：「會生下公獅與母獅各半的小獅。」在家時，他對我說這種說法很安全。「那個笨小孩將完全在我的掌握之中。」他說：「我比皇室星相家胡賽因．埃芬迪更內行！」聽到他用這樣的字眼形容蘇丹，讓我大吃一驚；不知為何，我甚至有點生氣。那段時間，我讓自己忙於家事，排解無聊。

後來，他開始使用這個詞彙，彷彿它是開啟每扇門的神奇之鑰：因為「笨」，他們沒看在頭頂上方運行並照耀他們的星辰；因為「笨」，對於要學習的事物，他們會先問有什麼好處；因為「笨」，他們感興趣的不是細節，而是結論；因為「笨」，他們都一個樣，諸如此類。雖然幾年前還住在自己的國家時，我也喜歡這樣批評人，但

11　譯注：塔基亞丁．埃芬迪（Takiyüddin Effendi，一五二一～一五八五），鄂圖曼天文學家。

我沒對霍加說什麼。無論如何，當時他整個心思都放在那些「笨蛋」身上，而不是我。顯然，我的「笨」是另一種類型。那段日子，我曾欠缺思慮地告訴他一個自己作過的夢：他代替我回到祖國，和我的未婚妻結婚，婚禮上沒人知道他不是我。我穿得和土耳其人一樣，在角落觀看慶祝盛宴，遇到母親及未婚妻，兩人都沒有認出我，轉過身去背對我。最後淚水終於讓我從這個夢中驚醒。

大約那個時候，他兩度前往帕夏的宅邸。我認為，帕夏並不樂於見到在遠離他監視的情況下，霍加與蘇丹建立關係。他曾詢問霍加，探問我，調查我，但直到很久之後，帕夏被逐出伊斯坦堡，霍加才告訴我這件事。他擔心如果我知道，可能會在遭人下毒的恐懼中度日。但是，我看得出來，相較於霍加，帕夏對我比較感興趣。霍加與我的相似，困擾帕夏比困擾我更甚，這讓我感到驕傲。當時，這種相似彷彿是霍加永遠不想知道的祕密，而且他的存在給了我一種奇怪的勇氣：有時我認為，光是承蒙這種相像，只要霍加還活著，我就是安全的。或許這就是當霍加說帕夏也是笨蛋之一時，我會反駁他的原因，他對此感到惱怒。這刺激我產生一種不常有的厚顏無恥，我想感受他對我的需要，以及在我面前感到羞愧：我不斷問及帕夏的事，詢問他對我們兩人的看法，這讓霍加大怒，而我相信連他自己也不明白憤怒的原因。接著，他執拗地重複他們也會很快除掉帕夏，禁衛軍很快就會採取某種行動，他覺得皇宮裡存在著陰謀。因此，如果要接受帕夏的建議，從事武器研發，他就不該為可能曇花一現的大官製作，而是應該為了蘇丹。

有一陣子，我覺得他的心思只放在模糊的武器概念上。我告訴自己，他只有計畫，並未付諸行動。因為如果有進展，我確定他會與我分享，而且可能藉此令我相形見絀。他會告訴我他的設計，聽取我的意見。每隔兩、三週，我們會去阿克薩萊伊的妓院聽音樂，和女人廝混。一天晚上，我們正從那裡回家的路上，霍加說他打算工作到天亮，然後問我有關女人的事——我們從未觸及這個話題——接著又突然說：「我在想……」然而這時，我們正好到家進門，他隨即把自己關在房裡，沒有繼續說心裡想什麼。他留下我與書本獨處，但我現在甚至不想瀏覽這些書，只是想著他的事：想著不管他有什麼樣的計畫或想法，我確信都不會有進展；想著他把自己關在房裡，坐在仍不完全適應的桌子旁，瞪著眼前空白的紙頁，一事無成地坐上數小時，既羞愧又氣憤……

子夜過後好一會兒，他從房裡出來，像是一個無法解決一些小問題、需要協助的困窘學生。他靦腆地把我叫到他的桌子旁邊。「幫我，」他突然說道：「讓我們一起思考，我自己沒法有任何進展。」我沉默了一會兒，以為這件事和女人有關。看到我茫然的樣子，他嚴肅地說：「我在想那些笨蛋。他們為什麼這麼蠢？」接著，彷彿知道我會怎麼回答，他又說：「沒錯，他們不笨，但他們的腦袋少了點東西。」我沒問「他們」是誰。「他們的腦袋裡難道沒有儲存知識的地方嗎？」他說，一邊環顧四周，像在找尋正確的字眼。「他們的頭腦裡應該有個小隔間，就像這個櫃子的抽屜，一個可以放置各種東西的地方，但看來他們並沒有這樣的空間。你明白嗎？」我想相信自己略懂一二，其實卻不是很理解他的話。我們保持沉默，面對面坐了很長一段時間。「到底誰能夠明白一個人為何會是現在這個樣子呢？」他終於說道：「哦，如果你是真正的醫生，可以來教我就好了。」他繼續說著：「你可教我有關我們身體的一切，以及身體與頭腦的內部。」他似乎有點難為情。我認為，為了避免嚇壞我，他試圖以一種佯裝的幽默氣氛宣示說，他不打算放棄，會一直堅持到最後。這不只因為他對可能發生的事感到好奇，也由於沒有其他事可做。我什麼都不懂，但想到他要從我身上學習這一切，就覺得開心。

後來，他經常重複那時說的話，彷彿我們兩人都了解那些話的意思。但儘管裝作心悅誠服，他仍有那種發著白日夢學生提問的態度。每當他說會堅持到最後，我就覺得自己目睹一個不幸的愛人，正哀戚且憤怒地抱怨，這一切怎麼會發生在自己身上。那段時期，他非常頻繁地說著那句話。得知禁衛軍策畫叛亂時，他會這樣說；告訴我初級學校的學生對天使的興趣大過星辰後，也會這麼說；以及，每當再度花了一大筆錢購買一份手稿，卻連一半都沒看完，便憤怒地扔到一旁之後；離開現在只是出於習慣而來往的清真寺計時室友人之後；洗完不夠熱的澡，身體受凍之後；喜愛的書籍散放於花紋床罩上，伸展四肢躺在床上之後；聽到清真寺庭院滌淨手腳的人們愚蠢的對話之後；得知艦隊敗給威尼斯人之後；耐心聽完前來拜訪的鄰居說，他已經年紀不小，應該結婚之後。每當這些時候，他都會複述這句話：他會堅持到最後。

現在，我不禁好奇：凡是看完我所寫的內容，耐心觀察得以表達的事情經過，或者我所想像事物的人之中，有哪個讀者會說，霍加並沒有遵守他的諾言？

4

接近夏季尾聲的一天，我們聽說皇室星相家胡賽因．埃芬迪的屍體被發現漂浮在伊斯廷耶的岸邊。帕夏終於取得他的處死令：這位星相家無法保持沉默，到處傳送信件說，星相顯示沙迪克帕夏很快就會死亡，洩漏了自己的藏身處。當他企圖逃往安納托利亞時，死刑執行者追上他的船，絞死了他。一得知這名死者的財產已被沒收，霍加急忙趕去把那些論文和書籍弄到手；為了這件事的買通賄賂，他把所有積蓄都用光了。一天晚上，他帶回一只裝滿數千張書頁的大箱子。而在只用了一星期時間研讀這些文字後，他生氣地說，自己可以做得更好。

我協助他努力實踐自己的話。他決定為蘇丹撰寫兩份論文，名為《野獸的古怪行為》及《神造萬物的奇蹟》。我對他描述過去在恩波里莊園的廣闊庭園及草地上看到的駿馬、驢子、兔子和蜥蜴。當霍加指出我的想像力實在不怎麼樣時，我想起在我們百合花池裡有著八字鬍的法國龜、帶著西西里口音的藍鸚鵡，以及交配前會面對面坐著炫耀毛皮的松鼠。我們為探討螞蟻行為的一個章節，付出許多時間及注意力，這是蘇丹為之著迷的主題，但他卻沒有多少機會了解，因為皇宮第一中庭總是不斷有人在打掃。

寫到螞蟻井然有序且具邏輯的生態時，霍加萌生一種我們或許可以教育小蘇丹的夢想。他覺得本土的黑螞蟻不足以達到這項目的，便描寫美洲紅螞蟻的行為。這讓他產生一個想法，要撰寫一本寓教於樂的書，主題是關於一群住在名為「美國」這個國度的懶惰原住民。這是一個為蛇所苦的地方，從未改變過生活方式：我認為他不敢依他所說的內容完成這本書（他曾詳細對我描述，同時書中亦會提及），一位喜歡動物和狩獵的年幼國王因為不注重科學，最後被西班牙異端釘在火刑柱上。我們雇用了一位細密畫家，希望他為有翼的水牛、六腳公牛及雙頭蛇，賦予栩栩如生的面貌，但我們兩人都不滿意他的畫作。「或許過去的真實就像那樣平面單調，」霍加說：「但是現在，任何事都講求立體，你不明白嗎？真實是有陰影的；即使最普通的螞蟻，也把影子像雙胞胎般勤奮地攜在背上。」

蘇丹並未傳話聯繫霍加，所以霍加決定請帕夏替他呈交這兩份論文，但他後來對此感到後悔。帕夏訓了他一頓，說星相學是謬論；還有皇室星相家胡賽因．埃芬迪便是因為和政治糾纏不清而陷入危險；他懷疑霍加是不是有意接替這個職缺；他相信所謂的科學，但那指的是武器，而不是星星；以及就事實來看，皇室星相家明顯是個不祥的職位，所有擔任這項職務的人遲早會遭人謀害，或是更可怕地消失得無影無蹤，他不希望自己仰賴其科學知識且摯愛的霍加接替這個職務；而且無論如何，新任皇室星相家都會是西基．埃芬迪，其愚蠢及單純皆勝任此一職位；他並且聽說霍加取得前任星相家的書籍，希望不要再拿這件事煩他。霍加回答說，他本身只關心科學，然後把希望呈交給蘇丹的論文留給帕夏。那天晚上在家時，他說自己真的只在乎科學，但為了讓它付諸實踐，會做出一切必要的舉動。而首先，他詛咒起帕夏。

接下來那個月，我們試著猜測小蘇丹對於我們想像出來的形形色色動物有什麼反應，同時霍加不解為何自己仍未被召入宮中。終於，我們被宣召參加狩獵了。我們前往卡吉薩內河岸旁的米拉賀宮，他站在蘇丹旁邊，我則從遠處觀看，另外有一大群人聚集在這裡。皇室獵場看守人作了妥善的準備：兔子和狐狸被放出來，靈提獵犬蓄勢待發。我們在一旁觀看，然而所有目光都集中在一隻甩開同伴的兔子身上。牠跳進河裡，發狂似地游上遠岸，當獵場看守人打算在那裡放出更多獵犬時，即使站在遠處的我們，都可以聽見蘇丹制止他：「放那隻兔子自由。」但是，那隻兔子再度跳進水裡，對岸一隻野狗追上前去逮住牠，看守人急忙上前從利齒下拯救了這隻兔子，把牠帶到蘇丹面前。小蘇丹馬上檢查了這隻動物，很高興地發現牠沒受重傷，下令把這隻兔子帶到山頂放生。接著，我看到包括霍加及那位紅髮侏儒在內的一群人，聚集到蘇丹身旁。

那天晚上，霍加向我說明事情經過：當時，蘇丹詢問這件事該怎麼解釋。大家都說完之後，輪到霍加。他說，這件事意指敵人會從蘇丹最意想不到的地方現身，但他將毫髮無傷地逃過這項威脅。當包括新任皇室星相家西基·埃芬迪在內的霍加的敵人批評這項解析，指其中居然提及死亡凶兆，甚至將君王與兔子相提並論時，蘇丹要他們全部住嘴，並表示會把霍加的話放在心上。後來，當他們看著一隻被一群獵鷹攻擊的林鴟為生存搏鬥，並見到一隻狐狸可憐地被狼吞虎嚥的獵犬撕裂死亡時，蘇丹說，他的獅子生下兩頭小獅，一頭是公的，一頭是母的，如霍加預言的一半一半。此外，蘇丹提到他喜歡霍加的動物寓言集，詢問關於棲息在尼羅河附近草原的藍翼公牛及粉紅貓科動物的事。霍加交織著勝利與恐懼的奇怪心情，陶醉其中。

過了好一陣子，我們才聽聞宮中的紛爭：蘇丹的祖母柯珊蘇丹娜與禁衛隊將軍密謀殺害蘇丹及其母親，打算讓蘇里曼親王取而代之，但計謀沒有成功。她被絞殺，直到鮮血從鼻口流出。霍加從清真寺計時室那些笨蛋的閒聊中，獲悉這一切。他繼續在學校教書，除此很少冒險外出。

秋天時，他一度考慮再次研究其宇宙結構學理論，卻失去了信念：他需要一間觀測所，而且這裡的笨蛋對星辰的關心程度，與星辰關心他們的程度一樣少。冬天來臨，天空烏雲密布，一天我們得知帕夏遭到撤職。原本他也被判絞刑，但蘇丹的母親不同意，於是改為放逐到艾辛贊，財產充公。直到他死前，我們都沒再聽說他的消息。霍加說，他現在不怕任何人，也不虧欠誰了——我不知道他這麼說的時候，對於自己是否在我身上學到任何東西這件事，深思了多少。他宣稱，再也不怕那個小孩或是他的母親。他自覺已準備好冒著生命危險與榮耀，孤注一擲。但是，我們卻還坐在家裡沉默如羔羊的書堆中，談著美洲紅螞蟻，杜撰關於這個主題的新論文。

就像過去許多年，以及未來很多年一樣，我們在家裡度過冬日，什麼事都沒有發生。北風吹進煙囪與門底的寒冷夜晚，我們會坐在樓下交談直到天明。他不再輕視我，或該說是懶得費心再裝作如此。我認為，不管皇宮方面或宮廷圈人士都沒有人找他出去這個事實，是形成這種新友情的原因。有時，我覺得就像我在意的程度一樣，他也察覺到我們之間不可思議的相似。我擔心現在看著我時，他看到的其實是自己：他在想什麼？我們已完成另一份動物主題的長篇論文，但自從帕夏遭到流放，這份論文一直放在桌子上。霍加說，他還沒準備好能夠容忍接近皇宮那些人的反覆無常。這些日子波瀾未興地閒散度過。我偶爾會翻閱這份論文，看著我畫的藍紫色蚱蜢和飛魚，好奇蘇丹看到這些有什麼想法。

直到春天來臨，霍加才被宣見。那孩子很高興看到他。根據霍加的說法，蘇丹的每一個動作與每一句話都明顯透露出一直想念著他，卻被宮裡的白痴阻撓召見他。蘇丹談及祖母的謀反，說霍加早就預見這項威脅，而且預料他會平安度過。那個晚上，聽到宮中傳來意圖謀殺他的人的叫聲時，他一點都不害怕，因為他記得那隻凶猛的獵犬並未傷害口中的兔子。稱讚完之後，他下令授予霍加一塊合適土地的收入。還沒來得及提起天文學這個話題，霍加就必須告退了；有人告訴他，可望在夏末得到這項贈與。

等待著這筆土地的收入時，霍加擬定計畫，準備在庭院蓋一間小觀測所。他計算需要挖掘的地基大小，以及所需儀器的價錢，但這次很快失去興致。就是這個時候，他在舊書攤找到一份繕寫得十分糟糕的手稿，上面記錄了塔基亞丁的觀察結果。他花了兩個月時間測試這些觀察的準確度，最後厭惡地放棄。他無法確定哪個矛盾是來自粗劣儀器的缺點，哪一個又是塔基亞丁本身的錯誤，或是何者來自抄寫員的粗心大意。使他更焦躁的，是這本書前任主人在六十度的三角柱之間，潦草寫下的詩作。這本書的前主人利用字母的數值及其他方法，對未來世界提出低劣的觀察：生下四名女孩之後，最後他會得到一個男孩；將爆發一場區別純潔與罪惡的瘟疫；而他的鄰居巴海丁．埃芬迪會死亡。雖然剛開始，這些預言讓霍加覺得好笑，但後來他愈來愈沮喪。現在，他用一種奇怪與不祥的信念，談論我們頭腦的內在：那彷彿他談論的是一只可以打開蓋子觀看內部的皮箱，或談的是屋裡的碗櫥。

蘇丹承諾的贈與並未在夏末到來，冬季腳步接近時，也還不見蹤影。隔年春天，霍加被告知一項新的契約紀錄正在準備中。他必須再等待。這段時間，雖然不是非常頻繁，他仍被邀請到宮中，提供對一些現象的解釋。例如，一面鏡子碎裂，一道綠色閃電打在雅西島附近的空曠海面上，裝滿櫻桃汁的血紅色有塞水晶瓶在置放處裂成碎片，以及回答蘇丹對我們撰寫的最後那篇論文中的動物問題。回家後，他會說，蘇丹已進入青春期；這是男人一生中最容易受影響的階段，他會掌握這名男孩。

他抱持這項新目標，重新著手一本全然的新書。他已從我這裡了解阿茲特克的衰敗與寇蒂茲[12]的回憶錄，並且早在那個因不關心科學而被釘上火刑柱的悲慘孩子國王故事之前，便將這個目標放在心上。他經常談論那些惡棍，他們憑恃大砲與戰爭機械、騙人故事及武器，趁可敬人士睡著時，埋伏突擊，迫使對方順從。但是，很長一段時間，他都未向我透露獨自埋首苦寫的東西。我知道，他希望我先表現出興趣，但在那段強烈思鄉的日子裡，我容易突然陷入不尋常的憂鬱，增添對他的憎惡。我壓抑自己的好奇心，假裝對他讀的那些廉價購得而裝訂破損的陳舊書籍漠不關心，蔑視他以具創造力的思考能力，從我教授的內容推衍出的結論。他逐日失去信心，先是對自己，接著是對自己嘗試撰寫的東西，而我則帶著報復性的快感，冷眼旁觀。

他會上樓到充作私人研究之用的小房間，坐在那張我打造的桌子前面思考。但是，我可以感覺到他沒有在寫，我知道他寫不出來。我知道，沒有聽到我對他想法的意見之前，他沒有勇氣去寫。讓他對自己失去信心的真正原因，不是缺少我那些被他佯裝蔑視的卑微想法。他真正想要的，是知道「他們」怎麼想，就是那些像我這樣的人，以及曾教導我相關科學知識，並把那些裝滿學識的隔間和抽屜放進我腦袋裡的「其他人」。如果置身與他相同的情況，他們會怎麼想？這才是他真正迫切想問，卻無法讓自己這麼做的事。為了等他嚥下自尊，找到問我這件事的勇氣，我不知等了多久！但是，他沒問。他很快就放棄這本書。我無法判斷他是否已經寫完，並且重新展開關於「笨蛋」的老話題。他不再認為值得實踐的基礎科學，就是可以分析這些笨蛋的愚昧的東西。他放棄了解為什麼他們的頭腦內部就是這個樣子的渴望，並且不再想這件事！我相信這些沉重的想法源於絕望，因為他所期盼的來自皇宮支持的徵兆並未

12 譯注：寇蒂茲（Hernando Cortez，一四八五～一五四七），西班牙殖民者，一五一八年率隊前往美洲建立殖民地，一五二三年征服墨西哥。

出現。時間徒然流逝，蘇丹的青春期畢竟沒有太大幫助。

但到了夏天，柯普魯帕夏還沒有成為大宰相之前，霍加終於得到他的贈與，而且那是他自己可能挑選的地方：他被授予的收入來自蓋布澤附近兩座磨坊，以及距離該城一小時騎程的兩座村莊。我們在收割期前往蓋布澤，取得我們剛好空置的舊房子，但是霍加已經忘記我們在這裡度過的那幾個月，那些他厭惡地看著我從木匠那裡搬回家的那張桌子的日子。他的記憶力似乎隨著這棟屋子一起老舊變壞，無論如何，他已被急躁的情緒占據，無法牽掛過去的任何事。他有時會視察村落，計算前幾年賺取的收入。另外，他受到與清真寺計時室友人閒聊時聽來的塔胡祖．阿梅特帕夏影響，宣稱自己找到一種新系統，能夠以較簡單且迅速易懂的方式記錄帳冊。

但是，連他自己也不相信這項改革的創新與實用性，那亦無法滿足他。虛度的夜晚裡，他坐在舊屋後的庭院看著天空，重燃對天文學的熱情。我花了一段時間鼓勵他，相信他已把自己的理論再往前推進一步。但是，他的心思不在觀察，也非運用心智，他從村裡和蓋布澤邀請自己所知最聰明的年輕人到家中，表示將教導他們最高等的科學。他派我回伊斯坦堡取來太陽系儀，為他們安置在後院，並修復上面的鈴鐺，為它上油。一天晚上，他以一種我不知道從何萌生的熱情與活力，毫無遺漏或錯誤，激情地重複多年來先後向帕夏及蘇丹說明的天空理論。但是，隔天早上我們在門階上發現一只羊心，上面寫著咒語，仍留有餘溫而血淋淋，這就足以讓他對那些未問一詞便在午夜離開的年輕人，以及天文學放棄所有希望。

然而，他沒有沉溺在這次挫折當中，他們當然不是要了解地球及星星轉動的人，因此期望他們了解這些事也沒必要；應該了解的人，是即將度過青春期的那位，而且或許我們不在的這段期間，他還找過我們。為了收穫期後可以在這裡拿到的一點錢，我們錯失了機會。我們安頓好事物，雇用那些伶俐年輕人中看起來最聰明的一位當管理人，然後返回伊斯坦堡。

接下來三年是我們最糟的日子。每一天、每一個月皆與之前沒有兩樣，每一季都重複著我們曾度過的令人厭煩、焦躁的季節：就好像我們痛苦且絕望地看著同樣的事再度發生，白費力氣地等待我們無以名之的災難。他偶爾仍被召喚入宮，宮裡指望他提供不觸犯人的解析；每週四下午，仍然和清真寺計時室科學領域的友人聚會；仍在上午照看學生與處罰他們，只是不像以前那麼規律；仍然拒絕那些偶爾來提親的人士，只是不像以前那麼堅決；仍然強迫自己聽著不再喜歡的音樂，以便與女人廝混；有時仍然像是對他所謂的笨蛋，有著滿腹說不出的厭惡感；仍然會把自己關在房裡，躺在鋪好的床上，急躁地翻閱堆在四周的手稿和書籍，然後等待，持續瞪著天花板好幾小時。

讓他更加悲慘的是，他從清真寺計時室友人那裡得知柯普魯帕夏的勝利。當他告訴我艦隊擊潰了威尼斯人，或是收復泰納多斯及蘭諾斯[13]，制伏叛黨阿巴札·哈珊帕夏等消息時，都會加上一句：這不過是他們最後一次短暫的成功，跛子可悲的扭動很快就會陷入愚笨與不勝任的泥沼。他像是在等待某種災難，以改變這些不斷重複、令我們更加筋疲力竭的單調日子。更糟的是，由於不再有耐心和信心專注在他執拗稱為「科學」的事物上，使他難以轉移對這些日子的注意力，他無法對一個新想法保持超過一星期的熱情，很快就會想起那些笨蛋而忘了一切。他至今為他們奉獻的思想還不夠嗎？為他們累壞自己是否值得？值得這麼生氣嗎？而且，或許因為他才剛學會讓自己不要成為他們，所以無法鼓起仔細研究科學的力量與欲望。無論如何，他已開始相信自己與眾不同。

徹底的沮喪對他造成了第一個影響。由於至今仍無法專注在任何課題上，他過日子的方式像是一個被寵壞、不會自己玩耍的蠢孩子。他會在屋裡從一個房間遊走到另一間，在樓層之間不斷上下樓梯，茫然地看著每個窗外。木造房屋的地板在這種無止盡、令人發瘋的來回行動中，發出抗議的呻吟與吱嘎聲。當他經過我身旁，我知道他希望我說出一些笑話、新奇的想法或鼓勵的言語，分散他的注意力。然而，儘管懷有挫折感，我對他的怒氣和憎恨卻絲毫沒有減弱，因此未回應他的期待。即使他收起驕傲，謙卑地以親切措辭迎合我的倔強，以便從我口中取得一些回答，我也不會說出他渴望聽到的內容。當他宣稱從宮中得到利於解析的消息，或是靈光閃現若他堅持並遵從便非常有價值的新點子，我不是假裝沒聽見，就是強調他話中最乏味的部分，澆熄他的熱情。我喜歡看著他在自己心靈的空洞狀態中，兀自掙扎。

但後來，在這種非常空虛的情況下，他找到自己需要的新想法。或許是因為只剩儀器與他共處，或者他的心思無法平靜，不能逃出這種情緒蔓延的急躁。這個時候，

---

13 譯注：泰納多斯（Tenedos）及蘭諾斯（Limnos）皆為愛琴海上的小島。

我給了他一個答覆——我想鼓勵他——我的興趣也被挑起；或許當這件事發生時，我甚至認為他在乎我。一天晚上，霍加吱嘎走過屋子來到我的房間，彷彿在問最普通的問題般說：「為什麼我是現在這樣的我？」我想鼓勵他，並且試著找出答案。

我回答不知道為什麼他會是現在這樣的他，並說「他們」常問這個問題，逐日愈熾。當我這麼說的時候，並不知道任何可以支持這說法的事物，我心中沒有特別的理論，只有一種想如他所願回答問題的欲望，或許因為我本能地意識到他會喜歡這個遊戲。他很驚訝，滿是好奇地看著我，希望我多說一點。見到我保持沉默，他無法抑制自己，要我重複剛才的話：那麼他們問了這個問題？看到我面露贊同的微笑，他馬上變得非常生氣：不是因為認為「他們」問了這個問題，他才這麼問，而是因為自己在不知道他們問了的情況下問的，他完全不在乎他們做了什麼。然後，他以一種奇怪的聲調說：「好像有一個聲音在我耳中吟唱。」這個神祕的聲音讓他想起摯愛的父親，父親死前也曾聽到像這樣的聲音，但聽見的曲調不同。「我聽到的是不斷唱著同樣的疊句。」他說，然後突然有點困窘地補充：「我就是現在這樣的我，我就是現在這樣的我，哦！」

我幾乎大笑出聲，但抑制了這樣的衝動。如果這是無傷大雅的笑話，他應該也會發笑；但他沒有笑，自知瀕臨狀似荒謬的模樣。我必須表現出自己知道荒謬及疊句的含意，因為這次我希望他繼續說下去。我說，應該認真看待這個旋律；當然，他聽到的歌者一定是自己。他必定從我的話中，感受到一些嘲弄的意味，因而生起氣來：他也知道我說的那些，讓他不解的是，為什麼那個聲音重複這個句子！

他是如此狂躁不安，所以我當然沒有告訴他為什麼，但說真的，這正是我的想法：我不僅由本身的經驗得知，也從兄弟姊妹的經歷知道，無聊任性孩子的經驗不是聚為成果，就是帶來沒有價值的東西。我說，他應該思索的不是聽見這個疊句的原因，而是它的意義。或許當時我也想到一件事，他可能因為沒有得以專注的東西而發瘋；我可以藉由觀察他，逃離自身因絕望和怯懦而來的壓迫感。還有，或許這次我可以真正地尊敬他。如果他辦到這點，我們兩人的人生可能都會出現某種真實的事物。「那麼，我該怎麼辦？」他終於無助地問道。我告訴他，他應該思考自己為什麼是現在這樣的他，還有，我不是因為放肆給他建議才這麼說；我沒法幫助他，這是他必須自己解決的事。「那麼，我該怎麼辦？照鏡子嗎？」他諷刺地說，看起來還是一樣苦惱。我沒說什麼，給他時間思考。「我應該照鏡子嗎？」他又說了一遍。我突然覺得生氣，感覺霍加永遠無法獨立完成任何事。我希望他了解一件事，而且想當面告訴他：沒有我，他根本不會思考。但是我不敢。我以一種冷淡的態度對他說，想做就做，去照鏡子。不，我缺乏的不是勇氣，只是不喜歡。他怒氣沖沖地快步摔門而去，離開時大喊：你是笨蛋。

三天後，當我提起這個話題時，發現他仍想談論「他們」，這讓我開心地繼續這個遊戲。不管遊戲有什麼樣的結果，光是看到他的心思為某些事忙碌，就給了我希望。我說，「他們」真的會照鏡子，而且事實上比這裡的人更常照。不只在國王、王子和貴族的宮殿，平民百姓家中的牆上亦掛滿小心上框的鏡子。除了這個原因，也因為「他們」經常反省自己，認為「他們」在這方面已有所進展。「在哪方面？」他以一種令我驚訝的渴望與天真問道。我正以為他認真看待我說的話，接著他卻露齒微笑：「所以你是說，他們從早到晚都在照鏡子！」這是他第一次嘲弄我的國家，以及我所遠離的事物。我憤怒地找尋一些可以傷害他的話。最後，出其不意地，我不加思索與未予置信地聲稱，只有他才能探索自己是誰，但他卻沒有足夠的擔當去嘗試。我滿足地看到他的臉因痛苦而扭曲。

然而，這股快感讓我付出沉重的代價。不是因為他威脅要毒死我，而是幾天後，他要求我展現指陳他缺乏的勇氣。剛開始，我試著對這件事開玩笑：當然，人們無法發現自己是誰，不管藉由思考這個問題本身，還是照鏡子都一樣。我氣憤地這樣說，以便激怒他。但他似乎不相信我：他威脅說，如果我不證明自己的勇氣，會減少我的食物，甚至要把我關在房裡。我必須找出我是誰，並且寫下來。他會看看結果，了解我有多少勇氣。

5

剛開始，我寫了幾頁關於在恩波里莊園度過的快樂童年，與兄弟姊妹、母親和祖母在一起的日子。我不知道為什麼特別選擇寫下這些回憶，作為探索我之所以是這樣的我的方式。我必定對已逝人生的快樂時光感到渴望，或許正是這種渴望驅使我這麼做。我在盛怒之下說出那些話後，霍加一直逼迫我，使我不得不跟現在一樣，杜撰一些讀者會覺得可信的事，而且努力讓人覺得內容有趣。但是，一開始霍加並不喜歡我寫的東西，說這種東西任何人都寫得出來。他不相信那會是人們看著鏡子沉思時所想的事，因為這不可能是我指稱他缺乏的那種勇氣。當他讀到下列場景時，反應依舊如此：一次與父兄在阿爾卑斯山狩獵探險途中，我突然和一隻熊面對面，站著相互瞪視了好一陣子；還有一次，我們目睹摯愛的車夫被自己的馬兒踩死，他臨終之際我的感受——這種東西任何人都寫得出來。

我對霍加評論的回答是，那些人不過就是這樣；我以前說得太誇張，當時我滿心憤怒，霍加不該期望太多。但他沒聽進去。我害怕被關在房裡，於是繼續寫下心中思及的意象。在這種景況下，我用了兩個月時間，時苦時樂地喚起和重溫許多這樣的回憶，全是一些小事，但令人回味無窮。我想像並重新體驗成為奴隸前經歷的好事及壞事，最後發現自己對這項課題樂在其中。現在，霍加不必強迫我書寫。每當他說不滿意，我就會繼續寫下另一段預先準備的回憶和故事。

過了好一陣子，我注意到霍加喜歡讀我寫的東西，便開始找尋機會拉他參與同樣的活動。為了鋪陳說服的理由，我說了一些童年的經歷：我有一位非常親密的友人，他讓我養成和他同一時間思考同一件事的習慣。這位友人去世的那個無盡的無眠夜晚，我感到一陣恐懼。我多麼害怕自己被認為已經死亡，遭人活埋與他葬在一起。我不曾指望這件事會如此吸引霍加！很快地，我便大膽告訴他自己作過的一個夢：我的身體自行和我分開，聯合一個長得像我但臉孔被陰影遮蓋的人，兩人共謀對我不利。當時，霍加一直說，他又聽見那個荒謬的疊句，而且比以前更強烈。如願看到他深受這個夢境影響時，我便堅持他也應該嘗試這樣的寫作。這會讓他不再執著於無止境的期望，並且找到他和其所謂笨蛋不一樣的真正原因。他不時被召喚入宮，但沒有令人鼓舞的發展。剛開始他不願接受這個寫作的提議，經我極力勸說，他交雜著好奇、困窘且不滿的情緒說會試試看。他害怕被認為可笑，甚至開玩笑問我：當我們共同書寫時，是否也要一起照鏡子？

當他說要我們一起寫時，我沒想到他真的是要我們坐在同一張桌子上。我原本以為，等他開始撰寫，我可以重拾一名懶惰奴隸那種無所事事的自由。結果，我錯了。他說我們必須坐在同一張桌子的兩頭，面對面寫作：面臨這些危險的課題時，我們的心靈可能漂移不定，意圖逃避，只有以這種方式，我們才會循序開始；只有以這種方式，我們才能藉由紀律的精神，彼此增強。但是，這些都是藉口。我知道他害怕獨處，害怕思考時感受到自己的孤寂。我也可以從他望著空白書頁喃喃低語，聲音剛好大到讓我聽見的情景中，了解這件事。他在等我對他將要寫下的事先表達贊同之意。他在潦草寫下幾句話後，會以孩子般的天真謙卑與熱切態度拿給我看：他想知道，這些事值得一寫嗎？無疑地，我表示支持。

因此，這兩個月期間，我對他人生的了解，遠比過去十一年所知更多。他的家族原本居於埃迪尼，後來我們曾和蘇丹造訪這座城市。他的父親早逝。他不確定自己是否還記得父親的樣子。母親是工作勤奮的婦女，在他父親死後再婚。她和第一任丈夫育有一男一女，與第二任丈夫則生了四個兒子。她的第二任丈夫是個絎縫工。最有意願學習的孩子，當然是他自己。同時，我也得知他是兄弟中最聰明、最伶俐、最勤勉與最強壯的；此外，還是最誠實的。除了妹妹之外，他對家人的記憶只有厭惡，不確定這一切是否值得寫下來。我給他鼓勵，或許那時我已經意識到，將來我會把他的風格與人生故事當成自己的。他的用語和心性，有一種我喜愛並希望掌握的特質。人們應該充分喜歡他曾經選擇的人生，才能在終局時稱之為自己的人生；我就是這樣。當然，他認為沒有一個弟弟不是笨蛋。只有要錢時，他們才會來找他。然而，他讓自己更致力於研究學習。塞里米耶學院同意他入學，他卻在畢業前夕，受到不實的告發。之後，他未再提及這個事件及女人的話題。剛開始，他曾寫到自己一度論及婚嫁，接著又憤怒地撕毀所寫的一切。那天晚上下著傾盆大雨。這是我後來將經歷的許多恐怖夜晚中的第一夜。他侮辱我，說他寫的是謊言，然後這樣的事反覆上演。自從他強迫我坐在他對面書寫，我有兩天睡不著覺。他不再注意我寫的內容，我坐在桌子另一頭，懶得費心運用想像力，只是抄寫過去寫的東西，用眼角餘光小心觀察他。

幾天後，他開始在東方進口的昂貴無瑕白紙上，以「我之所以是這樣的我」為題作文。但在這個標題下，每天早上他寫的都是為什麼「他們」如此低劣和愚蠢。不過，我還是得知，母親死後，他遭人欺騙，後來帶著自繼承權中搶救下來的錢來到伊斯坦堡，並住進苦行僧之家一陣子，但又因認為那裡的人既下流又虛偽而離去。我希望讓他多告訴我一點在苦行僧之家的經歷。我認為，對他來說，和他們分道揚鑣是真正的成功，表示他已經可以脫離他們。當我表達這樣的想法時，他生起氣來，說我想聽這些鄙下的事，以便有朝一日利用這些事與他為敵。無論如何，我已經知道太多事，讓他不禁懷疑我想知道那些細節——他在這裡用了一種粗俗的性措辭。接著，他說了許多關於妹妹莎姆拉的事。她是多麼貞淑，而她的丈夫又是多麼邪惡。他對多年沒去探望她感到後悔，但當我對此事表達興趣時，他又開始變得多疑，轉移到另一個話題：因為買書花光自己所有的錢後，好一段時間，他什麼都沒做，只是讀著書。後來他在各地零星作抄寫員的工作——而人們是如此不知羞恥——那時，他憶起沙迪克帕夏，他死亡的消息剛從艾辛贊傳來。當時霍加第一次見到他，對科學的熱愛立刻引起他的注意。帕夏替霍加找到初級學校的教學工作，但他也只是另一個笨蛋。這次寫作活動持續了一個月，最後在一個夜晚，他感到羞愧而把書寫的一切撕成碎片。因為這樣，當我試圖重現他的潦草文字與我本身的經歷時，只能仰賴自己的想像力。我不再害怕臣服於如此令我心醉神迷的情節。他在最後一次熱情湧現時，以「我所知甚詳的笨蛋」為題，寫了幾頁有系統的文句，接著又大發脾氣：這些寫作對他毫無益處；他沒學到任何新事物，而且仍然不明白為什麼他會是現在的自己。我欺騙了他，讓他毫無意義地思考一些不想回憶的事。他要懲罰我。

我不知道他為何如此執著於「懲罰」這個想法，那讓我們想起兩人最初共度的日子。我有時認為，是我怯懦的順從讓他變得大膽。但現在，當他提到懲罰時，我決定勇敢抗拒他。霍加徹底厭倦寫下過往之事後，在屋裡上下踱步了好一段時間。然後他又跟我說，我們應該寫下的是思想本身：如同人可以從鏡子審視外表，他也能由自身的思想，檢視其存在。

這項類比的靈巧對稱鼓舞了我。我們立刻坐在桌旁。雖然半帶譏諷，這次我也在頁面上方寫下「我之所以是這樣的我」標題。我立刻寫下自己兒時很害羞的回憶，因為回想起這一點，覺得它像是我重要的人格特質。後來，當我看到霍加寫的是關於他人的卑鄙行為時，我產生一種當時認為很重要的想法，並且大膽說了出來。霍加也應該寫下自己的缺點。看完我寫的東西後，霍加堅稱自己不是懦夫。我反駁，雖然他不是懦夫，但就像所有人一樣，也有負面的一面，而如果他挖掘這些事，會發現真實的自我。我已經這麼做過，而他想跟我一樣，我可以從他身上感受到這一點。我發現當我這樣說時，他非常生氣，但仍控制住自己，努力保持理智地指出，行為不端的是其他人；當然不是所有人，但因為大部分的人不完美且消極，所以世間的一切都出了問題。我不同意他的說法，說他身上有許多惹人厭、甚至惡劣的地方，他應該承認這一點。我挑釁地加上一句：他比我還糟糕。

那些荒謬、駭人的不幸日子就這樣開始！他把我綁在桌邊的椅子上，面對著我坐下，命令我寫下他想知道的事，雖然他不再明白想知道的是什麼。他心中想的只有那個類比：如同人可以從鏡子審視外表，他也能由自身的思想，檢視其存在。他說，我知道怎麼做這件事，卻隱而不談這個祕訣。當霍加坐在面前，等著我寫下這個祕密時，我在面前的紙上寫滿誇大本身過失的敘事：我愉快地寫出兒時卑劣的偷竊行為、嫉妒的謊言、為了讓自己比兄弟姊妹更受喜愛所設計的伎倆，以及年少輕率的兩性關係，愈寫愈鋪陳更多事實。我非常訝異霍加閱讀這些故事時，展現了不知厭足的好奇，並且從中得到古怪的樂趣。後來，他變得更為憤怒，增強已經放手讓情況失控的殘忍對待。或許，這是因為他已意識到未來將把這些當成自己的過去，而他無法忍受這般的罪惡往事。他開始痛打我。看完我其中一件罪行後，他會大叫：「你這惡棍！」然後半開玩笑地朝我背後用力揮拳。有一、兩次，他無法克制自己，直接賞我巴掌。他會這麼做，或許是由於皇宮愈來愈少召喚他；又或者現在他說服自己，除了我們兩人之外，找不到任何可以轉移注意力的事；同時或許也是出自徹底的挫折感。但是，他愈是閱讀我寫下的自我罪行，並且增加卑劣幼稚的處罰，我愈是置身一種奇特的安全感之中。我第一次出現這樣的想法——我已掌控住他。

有一次，當他嚴重傷害我之後，我發現他在可憐我。但那是一種惡意的情緒，交雜著覺得與某人不再平等的反感：他終於可以不帶憎恨地看待我，而我也感受到這一點。「我們不要再寫了。」他說：「我不希望你再繼續寫了。」隨後他更正說法。幾個星期來，他都只是看著我寫下自己的罪過。他說，我們必須離開這棟房子，把過去的每一個日子深深埋藏在陰暗中，然後去旅行，或許就去蓋布澤。他打算再度回到天文學的研究工作，並且考慮撰寫一份更精確的螞蟻行為論文。看到他即將失去對我的所有敬意，讓我感到不安。為了維持他的興趣，我再度捏造一個會在最刺眼的光線下暴露自己邪惡的故事。霍加津津有味地讀著這個故事，甚至沒有生氣。我知道，他只是好奇我如何能容忍自己成為如此邪惡的人。又或許，看到如此卑劣的事跡，他不想再模仿我，非常滿足於作自己直到生命終點。當然，他也非常清楚，這一切可說是一種遊戲。那天我和他說話的樣子，就像知道自己不被當成真人的宮中阿諛之士，努力進一步引發他的好奇心：動身前往蓋布澤之前，如果他再試最後一次寫下自己的過錯，以便了解「我之所以是我」，又有什麼損失呢？他甚至不需要寫出真話，也不需要他人相信它。如果這麼做，他就可以了解我，以及像我這樣的人，有朝一日，這樣的知識對他將有幫助！終於，他再也無法忍受自己的好奇心與我的胡言亂語，便說隔天會試試。當然，他沒忘記補充，這麼做只是因為他想做，而不是被我可笑的遊戲所騙。

隔天是我身為奴隸的日子中，最快活的一天。雖然他沒把我綁在椅子上，我還是整天都坐在他的對面，以便享受看著他變成別人的模樣。剛開始，他是如此深信自己所做的事，甚至懶得在頁面上方寫下他愚蠢的標題：「我之所以是這樣的我」。他有著一種淘氣孩子等著聽取有趣謊言的自信態度，我可以瞥見他仍留在自己安全的世界裡。但是，這種得意洋洋的安全感並沒有持續太久；他假裝為我表演的悔恨也一樣。有一度，他佯裝的鄙視變成焦慮，遊戲成為真實。儘管只是假裝，但扮演這個自責的角色，已經使他倉皇失措與驚駭。他馬上將自己寫的東西打叉，沒拿給我看。但他的好奇心已被挑起，而且我認為他在我面前覺得羞愧，因為他仍持續做著這件事。如果他依一開始的衝動行事，立刻離開桌子，可能就不會失去心靈的平靜。

接下來幾個小時，我看著他慢慢理出頭緒：他會寫下一些自己重要的事，然後沒拿給我看就直接撕掉。每一次都讓他喪失更多自信和自尊心，但隨後他又重新開始，希望找回自己失去的。我推測他應該會將自白拿給我看；但到了傍晚，對那些如此期待看到的內容，我還是沒見到半個字，他都撕毀扔掉了，精力也耗盡。當他大吼大叫地辱罵我，說這是個令人作嘔的異端遊戲時，他的信心已降到最低點。我甚至厚著臉皮回答，他會習慣這種不覺悔恨且熟習罪惡的情形。或許因為無法忍受被人觀察，他起身出門。當他深夜返家時，從他身上的香水味，我知道如我猜測的，他果然跑去找妓女了。

隔天下午，為了激發霍加繼續寫下去，我對他說，他當然夠堅強，不會受這種無傷大雅的遊戲影響。況且，我們做這件事是要學得一些東西，而非只是打發時間，最後他會了解他稱為笨蛋的人為何是那個樣子。可以真正互相了解的願景不是很吸引人嗎？領悟自己靈魂最細微的部分，會讓人有如受噩夢所懾，被另一個人迷住。

他對這些話的認真程度，如同看待宮中侏儒的諂媚言詞一樣不經心。因此，促使他再次坐在桌邊的不是我的言語，而是陽光帶來的安全感。那天晚上當他自桌邊起身時，對自己的信心比前一天更少了。看到那晚他再次出門找妓女尋歡，我對他感到憐憫。

每天早上他都會坐在桌邊，相信自己可以超越當天即將寫下的邪惡，而且希望重新取得前一天失去的東西。但是每到晚上，他都在這張桌子上留下更多殘餘的自信。現在既然發現自己的卑劣，他也無法再鄙視我。我認為自己終於找到一些事，可以證明我們剛開始共度的那些日子裡，我所誤以為彼此間存有的那種平等。這件事讓我非常開心。他提防著我，所以表示我不必再和他一起坐在桌邊。這也是個好現象，但經過多年的情緒積聚，我的怒氣現在已難以控制。我想報復，企圖攻擊。和他一樣，我也失去平靜。我覺得，如果可以讓霍加多懷疑自己一點，如果能看到一些他小心不讓我取得的自白，並且巧妙地讓他出醜，那麼這屋裡的奴隸及罪人會是他，而不是我。無論如何，已經有了徵兆：我知道他偶爾需要確定我是否在嘲笑他。他不再相信自己，開始尋求我的認同。現在對於日常瑣事，他更常詢問我的意見：他的服裝恰當嗎？他對某人的回答是否正確？我喜歡他的筆跡嗎？我在想什麼？我不想讓他徹底絕望到放棄這個遊戲，有時我甚至批評自己，以便振奮他的士氣。他會對我投以「你這惡棍！」的眼神，但不再打我。我確信，他認為自己也活該一頓毒打。

我對那些讓他感到如此自我嫌惡的自白極度好奇。但既然習慣把他當成劣等人——即使只是私下這麼想——我認為那些自白必定是一些微不足道與瑣碎的壞事。現在，當我試著為自己的過去賦予一些真實性，告訴自己仔細想像一、兩件這些從未看到的自白時，不知為何，就是無法找出霍加可能犯下哪些過失，是會破壞我的故事一致性，以及我為自己想像出來的人生。但是，我認為置身我這樣處境的人，可以再次學會相信自己：我必須指出，儘管並非全然堅決與率直，但我讓霍加在不自知的情況下有所發現，使他接觸到自己的缺點，以及像他一樣人們的缺失。我可能認為，離我對他及其他人說出對他們看法的日子已經不遠。我可以藉由證明他們多麼邪惡，來摧毀他們。我相信閱讀我的故事的人，現在已經了解，我從霍加身上學到的，必定與他從我身上學到的一樣多！或許，我現在這麼想，是因為我們年紀增長時會尋求更多調和，即使是在我們閱讀的故事之中。我必定已因多年來累積的憎恨力量，失去控制。在霍加徹底令自己蒙羞之後，我會讓他接受我的優越，或至少是我的獨立，然後嘲笑地要回我的自由。我夢想著他會不帶任何牢騷地放我自由，並思索回國後如何寫出在土耳其人之間的冒險。對我來說，失去分辨輕重緩急的能力是多麼容易呀！一天早上，他告訴我一個突然改變這一切的消息。

城裡爆發了瘟疫！由於他的態度彷彿是在說其他地方，一個遙遠之處，而不是伊斯坦堡，所以剛開始我並不相信。我問他如何得知這個消息，我想知道所有細節。猝死人數在無明顯理由的情況下激增，因此假定這是某種疾病造成的。我詢問疾病的症狀——或許根本不是瘟疫。霍加嘲笑我：我用不著擔心，如果我得病一定會知道，只有三天發燒期可以找出真相。有人的耳後會腫大，有人則是在腋下，腹部則會出現淋巴腫塊，接著就發燒；有時瘡癤會破裂，有時從肺部咳出血，有人如肺病患者激烈咳嗽至死。霍加還說，各地都有成群死亡的人。我憂慮地問及我們周遭的情況。我沒聽說過嗎？一名磚瓦匠因為鄰人的雞穿過他的牆，和所有鄰居都吵過架，一個星期前他在高燒與尖叫聲中死去。直到現在，大家才知道他是死於這次瘟疫。

不過，我仍然不想相信這件事。外面街道的一切看來如此正常，行經窗外的人們也這般平靜，如果真相信有瘟疫發生，我得找人分擔這份恐慌。隔天上午，趁霍加到學校的時候，我跑到街上。我找尋那些改信伊斯蘭教的義大利人，這是我在這裡十一年間努力結識的人。其中改名穆斯塔法·里茲的那位去了造船所；而另一位叫奧斯曼·埃芬迪的人剛開始不讓我進去，儘管我彷彿要用拳頭把門敲開似地奮力敲著他的門。他雖要僕人答稱不在家，但終究還是讓我進門，並在我身後大吼大叫。我怎麼還能懷疑這場疾病不是真的，難道沒看到街上搬運的那些棺木嗎？他說我嚇壞了，可以從我的臉上察覺這一點，而我會驚恐是因為我仍信仰基督教！他責罵我，說在這裡要成為穆斯林才會快樂。但是，隱身回到溼冷黑暗的屋子裡之前，他忘了和我握手，完全沒有碰觸我。那時是祈禱時間，看見清真寺天井裡的群眾時，我感到一陣恐懼，於是舉步返家。人們面臨疾病時出現的迷惑，深深征服了我。我彷彿遺失了過去，記憶一片空白，無法動彈。看到一群人搬運出殯棺木行經鄰近街道時，我徹底喪失了勇氣。

霍加已從學校返家，我感覺他很高興看見我這個樣子。我發現我的恐懼增強了他的自信，而這讓我不自在。我希望他拋開自認無懼無畏的這種自負驕傲。我努力抑制自己的激動，傾吐所有醫療與文學知識。我描述憶起的希波克拉底、修昔底的斯及薄伽丘作品中的瘟疫情景，指出據信這種疾病是會傳染的。這卻只讓他的態度更加輕蔑——他不怕瘟疫；疾病是神的旨意，如果一個人命定要死亡，就會死去。因此，討論我所說的那種怯懦的愚蠢作法——像是足不出戶，斷絕與外界的關係，或是試圖逃離伊斯坦堡——毫無用處。如果這是命中注定的，那就會發生，死亡會找上門。我為什麼害怕？因為我日復一日寫下的那些自身罪行嗎？他面露微笑，閃爍著確信的眼神。

直到我們失去彼此的那一天，我仍無法確定他是否真的相信自己所說的話。看到他如此勇敢，我一度感到害怕，但後來想起我們在桌邊的討論，以及那些可怕的遊戲，我不禁心生懷疑。他在兜圈子，把話題引向我們曾一塊兒寫下的罪惡，以一種幾欲讓我發狂的自大態度重申同樣的想法：如果我這麼害怕死亡，就不可能精通我仿如極其勇敢寫下的那些惡事。藉由坦承自己罪行所顯示的勇氣，只不過是源於我的厚顏無恥！然而，他是這般費心專注於最微小的過失，使他一時有所遲疑。現在冷靜下來，面對瘟疫時所感受到的強烈信心，讓他心中再也沒有懷疑，確信自己必然是純潔無邪的。

這個我信以為真的愚蠢說法讓我反感，決心與他爭辯。我天真地指出，他的信心不是來自問心無愧，而是不知道死亡如此逼近。我解釋我們可以如何保護自己遠離死亡。我們不能碰觸感染瘟疫的人，屍體必須埋在撒有石灰的坑洞裡，同時應該盡可能減少與他人接觸，而霍加不該再前往擁擠的學校。

我最後提到的那件事，好像在告訴他甚至比瘟疫還可怕的事。隔天中午，他宣稱自己觸摸過學校每一個孩子，然後向我伸出雙手。看見我退縮，害怕接觸到他，他興高采烈地上前擁抱我。我想尖叫，但如同作夢的人一樣，無法喊出聲來。至於霍加，他以一種很久之後我才了解的嘲弄語氣說，他會教我何謂無畏無懼。

6

瘟疫蔓延得很快，但不知為何，我仍無法學會霍加所說的無畏無懼。同時，我也不像剛開始那樣謹慎。我再也無法忍受像個生病的老婦人般關在房間裡，成天只能看著窗外。有時，我像個酒鬼一樣衝上街頭，看著婦女在市場購物，商人在店裡工作，以及人們埋葬至親後於咖啡館聚會，試著在瘟疫底下求生存。我原本可能也會這麼過日子，但霍加不願讓我平靜度日。

每天晚上，他都會伸出宣稱整天觸摸著人們的雙手，過來找我。而我則一動也不動地屏息以待。如同在幾乎難以察覺的情況下，突然發現一隻蠍子爬上你的身體，你知道那種雕像般驚愕與僵硬的感覺——就像那樣。他的手指和我的不像。霍加一邊冷漠地讓手指遊走我的身體，一邊問道：「你害怕嗎？」我沒有動。「你害怕。你怕什麼？」有時，我有推開他並且打上一架的衝動，但知道這只會使他更加狂熱。「我來告訴你，為什麼你會覺得害怕。你怕是因為你有罪。你怕是因為你滿身罪惡。你驚駭是因為你相信我，遠勝於我相信你。」

是他堅持我們必須坐在桌子兩頭，一起書寫。現在是寫下我們之所以是我們的時候了。不過，他最後只再度寫出「其他人」為何是這個樣子。他第一次驕傲地把自己寫的東西拿給我看。想到他多麼期望我看到這些文字後會變得謙卑，我就無法掩飾自己的反感。我告訴他，他和他寫的笨蛋沒有兩樣，而且他將早我一步死去。

接著，我認定這個預言是我最有效的武器，並且提醒他十年來的辛勤，那些他為宇宙結構學理論投入的歲月，為觀察天空賠上的視力，以及視線不曾離開書籍的日子。現在不肯讓他安寧的人是我。我說，在他可能避開瘟疫繼續活下去的情況下，卻白白送死，是多麼愚昧的事。藉由這些話，我不只增強他的懷疑，也增多了我的處罰。而且我注意到，他看著我寫的東西時，似乎滿心不願地重新發現對我已然消失的敬意。

所以，為了忘懷那些日子裡我的不幸，我在一張又一張紙上寫滿常作的美夢；這些夢境不只出現在夜晚，中午打盹時亦會現身。為了忘懷一切，我一醒來就會寫下這些情景與意義都相同的夢境，努力呈現詩意的風格：我夢到有人住在我們屋子附近的森林，解答了多年來我們希望了解的祕密，如果敢於進入那座森林陰暗處，你便成為他們的同伴；我們的影子不再隨著日落消逝，而有了它們自己的生命，我們安詳地睡在乾淨美好的床鋪上時，它們掌控了我們應該掌握的千百件瑣事；這些在我夢中生動呈現的美好且真實的人們，走出他們的畫框，和我們融合在一起；母親、父親和我在後院裝設鋼製機器，為我們出力……

霍加不是不知道這些夢境是魔鬼的陷阱，將把他拖進致命科學的黑暗裡，但仍持續問我問題，並了解每問一個問題就多失卻一點自信：這些無聊的夢有什麼含意？我真的夢到它們嗎？因此，我第一次在他身上實行多年後我們會一起與蘇丹實踐的事，從我們的夢境推衍出關於我們兩人未來的終局：曾深受科學魅力影響的人，與難逃瘟疫一樣，顯然逃不開科學；不難發現霍加已受這個癖好掌控，但我仍好奇霍加的夢！他一邊傾聽，一邊公然嘲弄我。然而，既然他已收起驕傲而願意提問，便無法激起我的憤恨；此外，我可以發現我的問答引發他的好奇心。看到霍加對瘟疫的鎮定態度開始動搖，並沒有減輕我對死亡的恐懼，但至少在自身的恐懼中，我不再感到孤單。當然，我也付出代價，必須接受他夜夜的拷問，但現在我明白自己的努力沒有白費：當霍加把雙手伸向我時，我再次告訴他，他會比我早死，並提醒他，那些不怕的人是無知者，況且他的文章才完成一半，而我當天寫給他看的夢則充滿快樂。

不過，讓事情轉變的並非我的言詞，而是其他事。有一天，一名學生的父親前來家中拜訪他。他看起來像乏味、謙卑的升斗小民，自稱住在附近地區。我如一隻懶洋洋的家貓，蜷縮在角落聆聽。他們拉拉雜雜地談了好一陣子。然後，我們的客人終於脫口而出一直想說的話：他父親那邊的表親有一名寡婦，她的丈夫去年夏天重新為屋頂鋪瓦時摔死了。她現在有很多求婚者上門，而我們的訪客想到霍加，因為他從鄰人口中得知，霍加正考慮結婚。霍加的反應比我預期的更暴躁：他說不想結婚，而且就算他想，也不會娶個寡婦。對霍加的回應，客人提醒我們，先知穆罕默德並不介意哈蒂雅的寡婦身分，還納其作為第一任妻子。霍加說，他聽過那位寡婦的事，她甚至比不上至善哈蒂雅的一根小指頭。針對這點，我們乖僻且驕傲的鄰人想讓霍加明白，他自己也沒有什麼了不起。他說，雖然他並不相信，但鄰居說霍加已經徹底瘋了，沒人把他觀測星辰、擺弄鏡片與製造奇怪時鐘，當成令人高興的跡象。帶著一種商人對想購買貨物的惡意批評，我們的客人又指出下面這些事：鄰居都說霍加像個異端一樣在桌上吃東西，而不是盤腿坐下；為書本花了一筆又一筆的錢後，他把它們丟棄在地板上，踐踏寫著先知名字的書頁；同時霍加無法藉由長久凝視天空平息內心的惡魔，大白天躺在床上瞪著骯髒的天花板，並且不從女人身上而是自年輕男孩那裡找尋歡愉；我是他的雙胞胎兄弟；他在齋月期間沒有禁食；瘟疫是由他而起。

擺脫訪客之後，霍加大發雷霆。我認為，他藉由擁有或者佯裝具備與其他人同樣態度而來的自滿，已不復存在。為了給他最後一擊，我說，那些不怕瘟疫的人和這傢伙一樣蠢。他開始擔心，卻仍力陳自己也不怕瘟疫。無論理由是什麼，我認為他是衷心這麼說。他極度不安，不知道要把雙手擺哪裡，並且不斷重複最近被他遺忘的那個關於「笨蛋」的疊句。傍晚來臨後，他點亮燈火，把燈放在桌子中央，說我們該坐下。我們必須書寫。

就像替彼此算命以度過無盡冬夜的兩個單身漢，我們面對面坐在桌邊，努力為面前的白紙，挖掘出一些事來。真是荒謬！白天閱讀霍加為他的夢寫下的文字時，我發現他甚至比我寫的自己還可笑。他寫了一個仿照我的夢，但其中每一件事皆清楚道出，這是一個根本沒有被夢過的幻想：他把我們當成兄弟！他認為由他扮演哥哥的角色，而我順從地聆聽他的科學演說，這樣的安排十分恰當。隔天早上我們吃著早餐時，他問我如何看待鄰人說我們是雙胞胎的閒話。這個問題讓我感到高興，卻未滿足我的自尊心。我沒說什麼。兩天後，他在半夜叫醒我，告訴我他剛才真的作了他寫下的夢。或許是真的，但不知為何，我並不在乎。隔天晚上，他向我坦承，他害怕死於瘟疫。

成天關在屋子裡令人心情沉重，黃昏時我會出門到街上。孩子成群在一處花園爬樹，色彩鮮豔的鞋子留在地面；聚集噴泉邊閒聊的一排婦女不再因為我經過而閉口不語；市場滿是購物人潮；街上有打架事件，有些人忙著勸架，有些人則在一旁看好戲。我試著說服自己，傳染病已自行消失，卻看見自倍亞濟清真寺天井一具接著一具抬出的棺木，我驚慌失措，迅速返家。走進自己房間之前，霍加大聲叫住我：「你過來看一下這個好嗎？」他的衣衫沒扣上，他指著肚臍下方一個紅色小腫塊說：「這裡有很多蚊蟲。」我上前端詳。那是個略微腫起的小紅點，像大蚊蟲的叮咬痕跡。但他為什麼要給我看這個？我害怕再靠近。「蚊蟲咬傷。」霍加說：「你不覺得嗎？」他用指尖觸摸這個腫塊。「還是跳蚤咬的？」我沉默不語，沒有說自己從未看過這樣的跳蚤咬痕。

我找藉口在花園待到日落。我了解自己不該再留在這間屋子，但想不出有什麼其他地方可去。而且那個斑點看起來真的很像蚊蟲咬傷，不像瘟疫的淋巴腫塊那麼明顯和大面積。但是不久，我的思緒轉到另一個方向：可能因為正漫步在園裡茂密的植物之間，讓我覺得那個紅斑似乎會在兩天內腫起，像花朵一樣綻放，脹裂流膿，使霍加痛苦地死去。我告訴自己，那可能是消化不良引起的膿瘡。不對，它看起來像蚊蟲咬傷。我一度認為自己想起那是什麼蟲（必定是一種在熱帶氣候下滋生的大型夜間飛蟲），卻怎麼也想不起這種神出鬼沒生物的名字。

坐下吃晚餐時，霍加努力裝作情緒高昂，開玩笑戲弄我，但無法維持這種情緒太久。過了好一陣子，起身結束這頓不曾交談的晚餐後，我們迎接一個無風的寧靜夜晚。霍加說：「我心神不寧，思緒沉滯，讓我們坐在桌邊寫些東西。」顯然這是唯一可以讓他轉移注意力的事。

但是，他寫不出來。當我滿足地動筆時，他只是無所事事坐著，用眼角看著我。

「你在寫什麼？」我把自己寫下的文字唸給他聽，那是結束第一年的工程學學習後，心急地搭著一匹馬車返鄉度假的往事。當時的我也非常喜歡學校和朋友，我唸出獨自坐在河邊看著假期間帶回家的書籍時，多麼想念這一切的心情。經過短暫的沉默，霍加突然吐露祕密般地輕聲說道：「他們是否總是這樣快樂地生活在那裡？」我以為他一問出口就後悔了，可是他仍以一種單純的好奇心看著我。我和他一樣低聲說：「我很快樂。」他的臉龐閃過一抹羨慕的神采，不見陰沉。他膽怯而吞吞吐吐地說出自己的故事。

十二歲住在埃迪尼時，有一段時間他經常和母親、妹妹一起到倍亞濟清真寺的醫院，探望患有胃病的外祖父。上午的時候，他的母親將還不會走路的弟弟託給鄰居，帶著霍加、他的妹妹，以及事先準備好的一鍋布丁，一起出門。他們沿著襯有白楊樹蔭的道路走著，路途不遠，但讓人愉悅。外祖父會講故事給他們聽。霍加喜歡這些故事，更喜歡醫院，會跑開穿梭在庭院與廳堂間。有一次，他在大圓頂的穹窿頂塔，聽著為精神病患演奏的音樂，那裡還有水聲——流水的聲音。他漫步走進其他房間，裡面有著色彩鮮豔的奇怪瓶瓶罐罐，發出明亮動人的光采。另有一次，他迷了路，放聲大哭。於是他們逐一把他帶往醫院每一個房間，直到找到他的外祖父阿布杜拉·埃芬迪。他的母親有時會哭泣，有時則與女兒一起聆聽父親的故事。然後，他們帶著外祖父交還給他們的空鍋子，離開醫院。回家的路上，母親會買哈發糕[14]給他們，並小聲說：「趁別人還沒看見，我們趕快吃掉它吧。」他們會去河岸白楊底下一個沒人看得見他們的祕密地點，一邊在水裡晃著腳丫子，一邊吃掉甜點。

說完這些事後，霍加突然一陣沉默，讓兩人不太自在；同時，一種說不上來的兄弟情誼之感，也使我們更親密。有好一會兒，霍加刻意忽略這種緊張氣氛。稍晚，附近一戶人家不顧及可能打擾別人，將屋子的大門猛力關上後，他再啟話題。他說，那個時候他初次對科學萌生興趣，受到病人及那些讓他們復元的形形色色瓶罐與天秤啟發。不過，外祖父死後，他們就沒再去過那裡。霍加一直夢想長大後自己重回那裡，但有一年流經埃迪尼的圖哈河意外氾濫成災，病人撤離病床，房間漫流骯髒混濁的泥水。洪水終於退去後，這座美麗的醫院仍經年累月掩埋在無法清除的惡臭污泥下。

14 譯注：哈發糕（halva），用磨碎的芝麻、果仁及蜂蜜做成的甜點。

當霍加再度陷入靜默，我們的親密時刻隨即消失。他自桌邊起身，我從眼角看到他在房裡踱步的身影。接著，他走到我的身後，把燈從桌子中央拿走。我看不到霍加，也沒瞥見他的身影。我想轉身看他，但沒有這麼做；感覺好像我在害怕，預期會發生什麼可怕的事。過了一會兒，我聽見脫衣的窸窣聲，擔憂地轉過身子。他站在鏡子前面，上身赤裸，藉著燈光仔細檢視胸膛和腹部。「天哪，」他說：「這是什麼樣的膿包？」我保持沉默。「過來看看好嗎？」我還是沒動。他咆哮著：「我說過來！」我像準備接受處罰的學生，提心吊膽地靠近他。

我從未如此接近他赤裸的身子；我不喜歡它。剛開始，我想相信是這個原因讓我無法靠近他，但心裡知道自己其實是在害怕那個膿包。他也明白這點。然而，為了隱藏自身的恐懼，我以一種醫生的姿態傾身靠近，口中唸唸有詞，眼睛盯著那個腫塊，那個發炎的部位。「你在害怕，是吧？」霍加終於說道。為了證明自己不怕，我更湊近那個膿包。「你害怕它是瘟疫的淋巴腫塊。」我假裝沒聽到，並準備說那是蚊蟲咬傷，可能就是不知在哪裡叮咬過我的那種奇怪蚊蟲，但總想不出這個東西的名字。「摸摸它，好嗎！」霍加說：「沒摸過怎麼會知道？摸摸看！」

發現我停在那兒沒有動，他顯得很高興。他剛摸過腫塊的手指伸向我的臉。看見我厭惡地退後，他大聲笑出來，取笑我害怕一個尋常的蚊蟲咬傷。但這樣的笑鬧沒有持續太久。「我怕我會死。」他突然說道。彷彿說的不是關於死亡的事，他的憤怒多於羞愧，那是一種覺得遭到背叛的憤怒。「你沒有這樣的膿包嗎？你確定嗎？脫掉衣服，馬上！」在他的堅持下，我像痛恨被抓去洗澡的孩子一樣，脫掉襯衫。房裡很熱，窗戶緊閉，但有一陣不知從哪兒吹來的冷風；或許是鏡子的冷冽讓我起了雞皮疙瘩，我不確定。我對自己這個樣子感到不好意思，站到鏡子映像之外。現在，當霍加把頭靠近我的身體，我看見他映在鏡子裡的側臉。那個大家都說像我的大腦袋，朝我的身體筆直前傾低下。我突然覺得，他這麼做是要毒害我的精神；相反地，我從未對他做過這樣的事。這些年來，我都以當他的老師自豪。荒謬至極，我有片刻認為這顆留著鬍子、在燈光影響下顯得奇形怪狀的腦袋，打算吸我的血！顯然我深受兒時愛聽的恐怖故事影響。想到這裡，我察覺他的手指放在我的肚子上。我想跑開，拿東西敲他的頭。「你沒有膿包。」他說。他走到我的身後，檢查我的腋窩、脖子及耳後。「這裡也沒有，你似乎還沒被這種蚊蟲叮咬。」

他把雙手放在我的肩膀上，上前站在我身邊，舉動像是一個曾分享我最深處祕密的親愛老朋友。他的手指從兩旁擠壓我的頸背，把我拉向他。「來，讓我們一起照鏡子。」我看著鏡子，在讓人無所遁形的燈光下，再次見到我們是多麼相似。我回想起在沙迪克帕夏的官邸等候，第一次見到他時的情景，這種相似是如何讓我不知所措。那時，我看到必然是我的人；而現在，我認為他的確是一個和我相似的人。我們倆是一個人！現在，對我來說，這件事是一項明顯的事實。有如我被牢牢束縛，雙手綁著，無法移動。彷彿要證實這是我本人一樣，我作了一個動作來拯救自己。我很快用手梳過頭髮。但他模仿我的動作，做得天衣無縫，完美地避免破壞鏡裡映像的均衡感。他也模仿我的表情、頭部的姿勢，彷照我無法忍受再從鏡子觀看的驚懼。但是，恐懼讓我呆若木雞，我無法將視線從鏡中移開。接著，他像個經由模仿言語動作戲弄友伴的孩子般歡天喜地。他大喊：我們會一起死！真是無稽之談，我心想，同時也感到害怕。這是我和他共度的夜晚中，最可怕的一夜。

然後，他聲稱自己自始至終都害怕瘟疫，過去所做的一切是為了考驗我。例如，當他看著沙迪克帕夏的劊子手把我帶走準備行刑，或是人們拿我們互相比喻時都是這樣。接著，他說他已占據我的靈魂：就像剛才反映出我的動作一樣，不管現在我在想什麼，他都知道；不管我知道什麼，他也都在思考它！當他問我，我正在想什麼，事實是除了想他的事之外，我什麼也無法思考，雖然我回答自己完全沒法想任何事情。但是，他根本沒在聽我說話，而是談論著他不是要發現什麼，只是企圖嚇我，玩弄他本身的恐懼，並讓我分擔這種恐懼的感覺。我意識到，他愈是感受到自己的孤獨，愈想傷害我。當他的手指在我們的臉上游移，或試著以這種神奇相似的恐怖來迷惑我時，他自己甚至比我更興奮和激動，我認為他打算做某件壞事。我告訴自己，他一直讓我站在鏡子前面，擠捏我的頸背，是因為他的心還無法承受馬上做出這樣的壞事。但他看來既不荒唐，也未顯無助。他是對的，我也想說、想做那些他說過與做過的事。我羨慕他，因為在我無法作為時，他可以採取行動，而且他可以玩弄瘟疫和鏡子中的恐懼。

但是，儘管我極度恐懼，相信剛才見到以前從未注意的自己，多少還是無法擺脫這一切只是一場遊戲的感覺。他放在我脖子上的手指放鬆下來，但我沒有離開鏡子前面。「現在，我就跟你一樣。」他說：「我知道你的恐懼。我已變成你！」我明白他在說什麼，但仍試圖說服自己這個預言是愚蠢且幼稚的，而如今這個預言有一半我已深信不疑。他宣稱可以像我這樣了解這個世界；他又再度提及「他們」，現在，他終於明瞭「他們」是怎麼想，「他們」又有什麼感覺。他談論了一會兒，視線游移到鏡子之外，掃視桌子、玻璃杯、椅子及被燈光照亮的物體身影。他聲稱自己現在可以談論以前一直無法看見而不能談論的事物，但我認為他錯了：話語依舊相同，物體也是。唯一的新事物是他的恐懼。不，那也不是。是他對恐懼的感受形式。但對我來說，即使這件事，這件目前我無法確切形容而他置於鏡前的事，也似乎是他的一項新把戲。他同樣不情願地把這項遊戲放在一旁，心思似乎盤旋回那個紅色膿包，問道：這是蚊蟲咬傷，還是瘟疫？

他又說了一會兒，提到自己想從我停止的地方繼續做起。我們仍半裸站在鏡子前面。他想替代我，而我取代他。對我們來說，只需要交換衣服，同時他剃掉鬍子，我則蓄鬍，便能做到這點。這個想法讓鏡中我們的相似程度更為驚人，一聽到他說，那時我會還他自由之身，我的神經開始緊繃：他得意洋洋地談論代替我回國時打算做的事。我驚恐地發現，他記得我對他說的童年及年少時代的每一件事，甚至包括最微小的細節，並且從這些細節建構出一座合他愛好的奇特與幻想國度。我無法控制自己的人生，它被拉到在他操控之下的其他地方。如同作夢般，除了從外面消極地看著發生在身上的事之外，我覺得自己什麼也沒法做。但是，他想以我身分返國的旅程，以及打算在那裡度過的人生中，有種古怪與天真，這讓我無法徹底相信這件事。同時，他幻想細節中的邏輯又讓我驚訝，我有種衝動想說，這原本可能發生，我的人生原來可能會像這樣。接著，我了解自己第一次感受到霍加人生中較內心的事物，不過還無法說明那是什麼。當我思緒混亂地聆聽，我會在自己渴望多年的舊世界中做些什麼時，能做的只是忘卻對瘟疫的恐懼。

但是，這也沒有持續太久。現在霍加要我說說看，取代他之後，我想做些什麼。一直僵硬地保持這種奇怪的姿勢，還努力讓自己相信我們長得不像，而且那個腫塊只是蚊蟲咬傷後，我已筋疲力竭，心頭一片空白。在他的堅持下，我想到曾一度計畫返國後撰寫回憶錄：當我說，有朝一日可能會以他的壯舉寫出一個好故事時，他嫌惡地看著我。我不如他了解我那樣的了解他——事實上，一點都不了解！他把我推開，獨自站在鏡子前面，當他取代我，他將決定我會發生什麼事！他說，這個腫塊是瘟疫的淋巴腫塊；我就快死了。他描述我死前受到怎樣可怕的折磨。恐懼比死亡本身更難受，因為不知道這種事會降臨在自己身上，我對恐懼毫無準備。霍加說著我會如何因疾病的苦痛窒息而死時，已離開鏡子前面。當我再次望向他，他已攤開四肢躺在凌亂鋪於地板的床上，繼續描述我將遭受的折磨。他的手放在肚子上，我想到，這個動作有如碰觸他正在形容的痛楚。此時，他大喊出聲。我哆嗦地走到他身邊，卻馬上感到後悔。他試圖再次把手放在我身上。不管什麼原因，我現在認為它只是個蚊蟲咬傷，但仍然覺得害怕。

整個晚上就在這種情況下過去。當他試著以這個疾病本身及對它的恐懼來影響我時，持續重複說著我是他，而他是我。他這麼做是因為喜歡自外於自身，遠遠地觀察自己。而就像努力從夢中醒來的人，我心想且不斷這樣對自己說：這是個遊戲。因為，他也使用「遊戲」這個字眼。但是，他汗水淋漓，像一個身體不好的人，而不是在悶熱房間中因有害思想透不過氣的人。

太陽升起時，他談到星辰與死亡，他虛假的預言、蘇丹的愚昧及其更糟的忘恩負義，還提及他愛談的笨蛋、「我們」與「他們」，以及他多想成為別人。我已經沒在聽他說話，逕自走到外面花園。不知為何，以前在一本舊書中讀到的永生思想，現在占滿我的思緒。外面沒什麼動靜，只有痲雀發出啾啾聲，在椴樹林間飛翔。這種寂靜真令人迷惑！我想到伊斯坦堡那些有著瘟疫患者躺著等待死亡的房間。我思忖，如果霍加得的是瘟疫，情況將這樣繼續下去，直到他死去；如果不是，便要等到紅腫消失，情形才會改變。事到如今，我明白自己不能再待在這間屋子了。走回屋內時，我還不知道可以逃去哪裡，躲在什麼地方。我夢想一個遠離霍加、遠離瘟疫的地方。當我把一些衣物塞進袋子裡時，只知道那個地方一定要近到我能順利抵達，而且不會被抓。

7

我存了一些錢，那是伺機從霍加那裡偷一點，還有四處賺來的。我把錢藏在櫃子中一只襪子裡，和霍加不再閱讀的書放在一起。離開屋子之前，我從櫃子裡取出這些錢。受到好奇心驅使，拿了錢之後，我走進霍加的房間。他睡著了，汗流浹背，燈還亮著。我很驚訝那面鏡子居然這麼小，它以我始終無法徹底相信的懾人相似嚇了我一整晚。我什麼也沒碰，飛快離開這間屋子。走上附近空無一人的街道時，一陣徐風吹來。我有股想洗手的衝動。知道自己要往哪裡去讓我心滿意足。我愉快地走在黎明時分寧謐的街上，走下通往海邊的山坡，在噴泉處停下清洗雙手，欣賞金角灣的景色。

從一個自賀貝里島來到伊斯坦堡的年輕僧侶那裡，我第一次聽聞這個島。我們在加拉塔的歐洲區相識時，他熱情地對我描述這些島嶼的美麗。我一定對此印象深刻，因為離開居住的地方後，我明白這就是自己要去的地方。和我商討船資的渡船夫及漁夫，對載我前往該島開出天價。我開始沮喪地想著，他們知道我是逃亡者——他們會出賣我，把我交給霍加派出的追兵！後來我認為，這是因為他們看不起害怕瘟疫的基督徒，因而採取威脅的態度。我努力不引人注意，與第二位談價的船夫敲定渡資。他並非強壯的人，花在划船上的精力不及用於談論瘟疫，以及瘟疫降臨所要懲罰的罪惡。另外，他還說，想逃到那座島上避開瘟疫是沒有用的。他談論這些話題時，我明白他一定和我一樣害怕。這趟行程歷時六小時。

直到後來，我才將島上的日子視為快樂時光。我付了一點錢給一位孤僻的希臘漁夫，作為在他家中住宿的費用。由於覺得還不是很安全，我盡量不拋頭露面。有時我會想，霍加已經死了；有時則認為，他會派人來抓我。島上有很多像我這樣躲瘟疫的基督徒，但我不想讓他們注意我。

每天上午，我會和那名漁夫出海，傍晚時分返家。有一段時間，我熱中於用魚叉刺捕龍蝦及螃蟹。如果天候惡劣無法捕魚，我就在島上散步，或有時到僧院的花園，在葡萄樹下安詳地睡個覺。那裡有一個無花果樹撐起的涼亭，天氣好的時候，可以從那裡遠眺聖索菲亞大教堂。我會坐在涼亭的陰影下，凝望伊斯坦堡，或是連作幾小時白日夢。在一個夢中，我航向這座島嶼，並看見霍加置身船邊游泳的海豚當中。他和牠們交上了朋友，並且問起我。還有一次，夢到母親和他們在一起，他們怪我遲到了。當我因陽光照在臉上而流汗醒來，會希望再回到這些夢中，卻沒法重返夢境。這時，我會強迫自己沉思：有時我想像霍加已經死了，能夠想見屍體就躺在那間被我遺棄的空屋裡，感覺到葬禮的靜寂，沒有任何人出席；接著，我想到他的預言，那些他快樂發明的有趣事物，以及那些他厭惡與盛怒之下捏造的事；還有蘇丹和他的動物。被我刺穿背部的龍蝦及螃蟹，牠們的大螯伴隨著這些白日夢揮舞。

我努力說服自己，逃回國是遲早的事。我只需要從島上的門路潛行出去就行。但在此之前，我必須先忘記霍加。因為我不知不覺中了迷咒，沉溺在自己遭遇的事與回憶的誘惑裡；我幾乎要責備自己竟拋棄一個如此相像的人。正如現在一樣，我熱切地想念著他。他是否真如記憶中那般像我，抑或我愚弄了自己？彷彿這十一年來，我從未真正端詳他的臉；事實上，我經常這樣做。我甚至有股衝動想回伊斯坦堡，看他的屍體最後一眼。我認為，如果希望獲得自由，我就必須說服自己，我們之間不可思議的相似只是記憶的錯，一個應該忘懷的痛苦假象，而我必須習慣這個事實。

幸好我並未習慣它。因為有一天，我突然看到霍加站在面前。感受到他的身影時，我正在漁夫家的後院伸展身體，瞇著眼睛轉向太陽作白日夢。他面對我，微笑的樣子彷彿是一個喜愛我，而不會在遊戲中痛打我的人。我有一種奇特的安全感，奇怪到讓我驚恐。或許，我一直悄悄等待這件事，因為我立即陷入一種出自懶惰奴隸、謙卑且順從僕人的罪惡感。收拾行囊時，我沒有憎恨霍加，而是辱罵自己。他替我付清欠漁夫的錢。霍加帶了兩個人來，在兩名槳手的推進下，我們很快回返，黃昏前便到家了。我懷念家的味道。而那面鏡子已從牆上取下。

隔天早上，霍加當面指控我：我犯的罪非常嚴重，他很想處罰我，不只是我逃跑，更因為我相信那個蚊蟲咬傷是瘟疫腫塊，在他臨終前遺棄他，只是，現在還不是處罰的時候。他解釋說，蘇丹終於在上週召見他，詢問這場瘟疫什麼時候結束，將奪走多少人命，他的性命是否有危險。霍加非常興奮，但因為沒有準備而含糊其詞地回答。他請求多給予一些時間，表示需要觀察星相。他帶著勝利感雀躍地返家，但不確定如何巧妙利用蘇丹的興趣。因此，他決定找我回來。

他很早就知道我在那座島上。我逃跑之後，他染上風寒，三天後才開始追我，並從漁夫那裡得到線索。等他拿出一點錢之後，那名愛講話的船夫便透露曾帶我到賀貝里。霍加既然知道我不可能逃離島上，也就沒再跟著我。當他說這次和蘇丹的會面是他人生中的關鍵機會，我深表同感。他坦白表示，他需要我的知識。

我們馬上開始工作。霍加有著一種知道自己要什麼的堅決態度。我很高興看到這樣的決心，這是以前很少在他身上觀察到的特質。既然知道他隔天會再受召見，我們決定拖延時間。我們立刻同意不該提供太多資訊，只論及可能證實的部分。霍加很敏銳，這點是我十分讚賞的，他馬上產生一個看法：「預言是滑稽的行為，但能善加利用以便左右笨蛋。」他聽我說話時的樣子，似乎贊成瘟疫是一個災難，只能藉由注意衛生遏止。和我一樣，他並未否認這個災難是神的旨意，但僅迂迴地認同；因此，即使我們凡人也可以不踰越神的驕傲，衡量並進行保護自己的行動。「守正道的哈里發奧瑪」[15]不是曾從敘利亞將伊布．烏貝德將軍召回麥地那，保護他的軍隊免於瘟疫？

15　譯注：原文為Caliph Omar the Rightly Guided，穆罕默德之後，伊斯蘭教國家的領袖稱為「哈里發」（Caliph）；「守正道」（Rightly Guided）則指能遵從教義、自奉儉樸、公正不私及受民眾愛戴者。

霍加將請求蘇丹盡量減少與他人接觸，以便保護自己。我們也想過，藉由在蘇丹心中植入對死亡的懼怕，作為勸服蘇丹採取這些防護措施的方法，但這種作法很危險。這件事不是單純到以浮誇的死亡描述便足以驚嚇蘇丹；即使霍加的喋喋不休對他產生影響，周遭仍有一群笨蛋分擔他的恐懼，幫助他克服。這些不擇手段的笨蛋日後就可以一直指控霍加的信念。因此，憑藉我的文學知識，我們虛構了一個故事告訴蘇丹。

讓霍加最氣餒的是，如何判斷瘟疫何時可能結束。我知道我們必須從每天的死亡人數開始。當我對霍加提及這件事時，他似乎不是很感興趣。他同意向蘇丹要求協助以取得這些數據，但會隱藏這項請求的真正意圖。我不是虔誠的數學信徒，但我們密切合作。

隔天早上，他前往皇宮，我則到受瘟疫侵襲的城市。我和以往一樣害怕瘟疫，日常生活的喧囂活動，自世界有所斬獲那種無所不在的欲望，即使只是一些小小的參與，都使我頭昏腦脹。這是個涼爽、微風輕拂的夏日，緩步走在死亡與瀕死的人們之間時，我思忖自己已有多少年沒有如此熱愛人生了。我走進清真寺的天井，在紙上記下棺木的數目，並走過不同鄰里，努力在所見景物與死亡人數之間，建立一種關聯：

要在這些房子、這些人們、這些群眾、這些興高采烈、悲傷與快樂中找到意義，並不容易。而且奇怪的是，我的眼光只熱切停留在瑣事、他人的生活，以及人們和親友一塊兒住在自己家中的快樂、無助與冷漠。

將近中午時，我前往金角灣的對岸，來到加拉塔的歐洲區，群眾與屍體令我沉醉。我徘徊在蹩腳的咖啡屋，繞過造船所，膽怯地抽著菸，並且只是出於想了解的渴望，選擇在一家簡陋的小餐館用餐，還到市集和商店閒逛。我想在心中牢記每個細節，以便作出某種結論。我在黃昏後回到家，筋疲力竭，聽著霍加述說宮中的消息。

事情進展順利。我們捏造的故事深深打動蘇丹。他的心靈接受了瘟疫就像魔鬼，試圖化為人形來欺騙他的想法。他決定不讓陌生人入宮，進進出出皆須嚴格監督。被問及瘟疫將何時與如何結束時，霍加已大肆談論過這場風暴。蘇丹害怕地說，他看見死亡天使阿茲拉爾[16]像個酒鬼漫步城中；阿茲拉爾牽起他凝視的任何人的手，然後拖

16 譯注：阿茲拉爾（Azrael），回教中手操生死簿的死亡天使。阿茲拉爾將世界所有人的名字都寫在神座後生命之樹的葉子上，一個人將死時，寫著名字的葉片枯落。當阿茲拉爾拾起葉片唸出名字，此人四十天後就會死亡。

走他。霍加馬上提出糾正，引誘人們死亡的不是阿茲拉爾，而是撒旦——況且阿茲拉爾也沒喝醉，反倒詭計多端。如同我們計畫的，霍加闡明向撒旦宣戰勢在必行。想了解瘟疫何時將平靜離城，關鍵就在觀察它的動向。雖然有些蘇丹的侍從說，向瘟疫宣戰無異與真主對立，但蘇丹沒有聽進這些話。後來，蘇丹問到他的動物：瘟疫魔鬼會不會傷害他的隼、鷹、獅子和猴子？霍加立刻回答，惡魔以人形接近人，而以老鼠的外貌接近動物。於是蘇丹下令從一座未受瘟疫侵擾的遙遠城市，送來五百隻貓，霍加則得到想要的人手。

我們立刻分派交由我們指揮的十二個人，出發至伊斯坦堡各地。他們負責巡視每個區域，回報死亡人數及任何觀察到的事。我們在桌上攤開一張我臨摹自書本的伊斯坦堡粗略地圖。懷著畏懼又愉悅的心情，晚上我們於圖上標示瘟疫散播的地方，簡述準備呈交蘇丹的結果。

剛開始，我們並不覺得樂觀。瘟疫在城裡散播的情況像個漫無目標的流浪漢，而非詭計多端的魔鬼。一天，它在阿克薩萊伊區奪走四十條人命；隔天襲擊費斯，並突然出現在對岸，來到托法內、吉哈吉爾。翌日，當我們再度檢視時，它卻幾乎未侵擾這些地方，而在越過捷瑞克進入我們眺望金角灣的地區後，造成二十人喪命。我們無法從死亡人數了解任何事；一天五百人死亡，隔天一百人。等我們了解需要檢視的不是瘟疫奪命的地方，而是最早出現感染的地區時，我們已經浪費許多時間。蘇丹再度召見霍加。我們謹慎地考量，決定他的說法應該是瘟疫散布在人潮擁擠的市場、人們彼此詐騙的市集，以及他們毗鄰坐下閒聊的咖啡館。他前往皇宮，晚上才回到家。

霍加將瘟疫的情況告訴蘇丹。「我們該怎麼辦？」蘇丹問道。霍加建議，市場及城內的往來活動應該以人力控制減少。君王身旁的蠢人當然立刻對這項意見表示反對：這樣城市如何運作下去？如果商業活動停止，生活也就停止。瘟疫以人的形體漫行的消息會嚇壞聽聞的人，他們將相信世界末日已經到來，不聽從管束；沒有人想被關在瘟疫魔鬼徘徊的地區，他們會起而叛亂。「他們說得沒錯。」霍加表示。當下有些弄臣詢問：哪裡能找來足夠的人力，得以控制百姓到這種程度？蘇丹大怒，聲言懲罰任何懷疑他力量的人。蘇丹的反應嚇壞了大家。蘇丹在憤怒的情緒中，下令執行霍加的建議，不過仍徵詢了群臣的意見。皇室星相家西基·埃芬迪對任何與霍加相關的事向來伶牙俐嘴，他提醒說，霍加仍未說明瘟疫何時離開伊斯坦堡。霍加擔心蘇丹聽從西基．埃芬迪的話，於是說下次晉見時將帶來時間表。

桌上的地圖已被我們畫滿記號及數據，但仍然找不出城裡瘟疫散播的任何邏輯。現在蘇丹已開始執行霍加建言的禁制令，民眾也遵行了三天。禁衛軍守在市場、大道、上岸處的出入口，攔下行人並詢問他們：「叫什麼名字？要去哪裡？從哪裡來？」他們把膽怯、吃驚的旅客及遊手好閒的人送回家，免得他們染上瘟疫。得知大市集和烏卡匹的日常活動趨緩，我們仔細思索上個月收集的死亡人數資料，那些寫有數字的小紙片釘在牆上。就霍加看來，等著找出瘟疫是否依某種邏輯散布，無異白費力氣，而如果我們想保住人頭，必須創造出一些說服蘇丹的事。

許可制度差不多就在這時建立。禁衛隊將軍把許可證分發給一些人士，這些人的工作被認為在推動商業及供給城市運作上有其必要性。當我初次發現死亡人數出現某種模式時，我們得知將軍從這項許可制度賺取大筆金錢，不願付費的小商人已開始準備叛亂。霍加正提及大宰相柯普魯計畫與這些小商人結盟共謀時，我打斷他的話，告訴他死亡人數的變化模式，並努力讓他相信，瘟疫慢慢自外圍鄰里及貧苦地區撤離。

他對我的話不是很信服，但仍將準備時間表的工作交給我。他說，他寫了一個轉移蘇丹注意力的故事，這個故事不具任何意義，所以沒有人可以從中作出一絲結論。幾天後，他問道：是否可能創造一個讓人樂於聽讀，卻沒有什麼寓意或意義的故事？「就像音樂？」我說。霍加看來相當驚訝。我們討論著，這個理想的故事應該像童話一樣有個純真的開場，內容又如噩夢般驚駭，同時像未能結合的愛情故事那樣悲劇收場。他進宮的前一天晚上，我們愉快地熬夜閒聊，迅速進行工作。隔壁房中，我們的左撇子謄寫員友人正為霍加尚無法完成結局的故事，謄寫故事開場的漂亮文稿。到了上午，藉由手中有限的數據，我從努力多日得出的綜合因素中作出結論：瘟疫將在市場奪走最後的人命，並於二十天內在城裡絕跡。霍加並未詢問這項結論的依據，只說這個解救日太遙遠，要我把時間表改為兩週，並以其他數據隱藏瘟疫的持續時間。我不相信這個辦法會成功，但仍依他的意見行事。霍加當場用一些日期創作詩體紀年銘，塞給剛要完成工作的抄寫員，同時要我畫一些圖說明這些詩句。近午時，他顯得急躁、抑鬱而驚恐，慌忙用藍色大理石紋封套紮好論文，帶著它出門。他說，對時間表的信心，還不及那些他塞進故事裡的鵜鶘、翼牛、紅螞蟻和說話猴。

晚間返家時，他顯得興高采烈，隨後三週也一直洋溢著這種生氣勃勃的情緒。這段期間，他徹底說服蘇丹相信他的預言是正確的。剛開始他說：「任何事都可能發生。」第一天，他一點也不抱希望。聆聽一位聲音優美的年輕人朗誦他的故事時，蘇丹身邊有些人甚至笑出來。他們當然是故意這樣做，以貶低霍加，試圖減少君王對他的喜愛，但蘇丹要求肅靜並斥責他們。他只問霍加，根據什麼跡象作出瘟疫會在兩週內結束的結論。霍加回答：一切都包含在故事中。而這是個沒人聽得懂的故事。接著，為了取悅蘇丹，他為正充斥宮中內院與每個房間的各色貓咪，作了一場鍾情演出；這些貓是之前從翠布松[17]船運而來的。

他說，第二天進宮時，宮中已分成兩派：一派希望取消城裡實施的各種防疫措施，這派人士包括皇室星相家西基．埃芬迪；另一派支持霍加的人說：「甚至別讓這座城市呼吸，避免她吸入漫遊的瘟疫惡魔。」看到死亡人數一天天減少，讓我充滿希望，但霍加仍非常憂慮。有耳語傳出，第一派人士已與柯普魯達成協議，準備進行叛變；他們的目標不是克服瘟疫，而是擺脫對手。

第一週結束時，死亡人數明顯消退，但我的計算結果顯示，這個傳染病不會在一週內消失。我抱怨霍加不該改變我的時間表，不過現在他卻抱持希望。他興奮地告訴我，關於大宰相的耳語已經停止。此外，霍加那派人士還散布柯普魯正與他們合作的消息。至於蘇丹，已完全被這些陰謀詭計嚇壞了，轉而向他的貓咪尋求心靈的平靜。

第二週接近尾聲時，防疫措施對這座城市的壓抑更甚於瘟疫。死亡人數逐日減少，但只有我們及像我們這樣追蹤死亡人數的人明白這一點。飢荒的謠言已經爆發，偉大的伊斯坦堡像座荒城。由於我從未離開這個地區，霍加告訴我：可以感受到在這些緊閉窗戶與庭院門戶後面，人們受制於瘟疫的絕望，他們等待著瘟疫與死亡帶來紓解。皇宮也處於不安的狀態，每當有杯子掉落地板，或是有人大聲咳嗽，自作聰明的群眾便嚇出尿來，並馬上耳語：「讓我們看看蘇丹今天會作出什麼決定。」他們就像渴望發生大事般歇斯底里，且不管是什麼事都好的無助靈魂。霍加受這股騷動波及，努力向蘇丹說明瘟疫已逐漸消退。他的預言正確無誤，卻無法讓君王感到欽佩，最後

---

17 譯注：翠布松（Trabzon），土耳其北部黑海沿岸大城。

只好再次談論動物。

兩天後，霍加從清真寺得到的死亡總數，已經可以作出這次傳染病徹底遠去的結論。但是，那個星期五讓他更為快樂的，卻是一群絕望的商人與看守道路的禁衛軍發生衝突；另外，一群不滿防疫措施的禁衛軍，則結合幾位在清真寺講道的愚蠢伊瑪目[18]、一些渴望劫掠的流浪漢，以及其他聲稱瘟疫是真主的旨意而不該干涉的遊民。不過，情況失控之前，這場騷亂便已平息。取得伊斯蘭長老的裁決後，二十人立即被處死，這或許讓這些事件看起來比事情本身更重要。霍加非常高興。

隔天晚上，他宣布自己的勝利。宮中再也沒人能抱怨該取消這些防疫措施。禁衛隊長被召見時，指出宮中的叛亂黨羽，蘇丹大為惱火。這群人的敵意一度讓霍加處境艱辛，現在卻像山鶉一樣一鬨而散。一度有耳語指出，柯普魯會對反叛人士採取嚴厲手段，而據信他曾和這些人合作。霍加喜形於色地宣布，就這一點而言，他也成功地對蘇丹發揮影響力。反對叛亂的人一直努力讓蘇丹相信，瘟疫已經平息。他們說得沒錯。蘇丹稱讚霍加，彷彿從未讚美過他一樣。他帶霍加參觀他用特製籠子從非洲運來的猴子，這些猴子的骯髒及無禮令霍加厭惡。當他們看著猴子時，蘇丹問說，這些猴子是否可以像鸚鵡那樣學會說話。然後蘇丹轉向侍從，宣布希望未來能常看見霍加隨侍在旁，他設計的時間表已證明正確無誤。

一個月後的星期五，霍加被任命為皇室星相家。他的地位甚至凌駕於此：蘇丹前往聖索菲亞大教堂進行週五禮拜時，整座城市的人都參加了，慶祝瘟疫結束，而霍加就緊跟在蘇丹身後。防疫措施已經解除，我也加入感謝真主與蘇丹的歡呼人群。當君王騎在馬上經過我們身邊時，民眾盡情喊叫。他們欣喜若狂，不斷擠壓推擋，一波波湧上前去，又被禁衛軍推擋回來。我一度被身邊翻騰的人群擠到樹旁，等我奮勇推開人潮擠進前方，正好面對著霍加。他離我只有四、五步的距離，看起來滿足又開心。他轉開視線，彷彿不認識我。在當時那種全面狂熱的氛圍下突然愚蠢捲起的不可思議喧囂裡，我相信霍加沒有看見我。如果全力呼喊，他會發現我在這裡，拯救我脫離群眾，如此我便能加入掌握勝利與權力的快樂遊行！我不是想分享勝利，或從自己做

18 譯注：伊瑪目（Imam），意指「領導人」，在清真寺引領拜功儀式的教長。

的事中得到報酬。那時我的感覺很不一樣，我認為：我應該在他身邊，我就是霍加本身！我和真正的自我分離了，就像常作的噩夢一樣，從外面看著自己。我甚至不想知道這個我身處其內在的他人的身分。當我懼怕地看著那個我經過，而他並未認出我來，我只想盡快與他團聚。一位粗暴的士兵卻使勁將我推入人群中。

8

瘟疫平息後那幾週，霍加不只被擢升為皇室星相家，也與蘇丹發展出比我們原先希望更親密的關係：那起小暴動失敗後，大宰相向蘇丹的母親勸說，表示現在是把她兒子從養在身邊的那批小丑佞臣中拯救出來的時候了。這群自作聰明的人以無用的廢話誤導了君王，而支持這些人的商人和禁衛軍要為這次的麻煩負責。據說前皇室星相家西基．埃芬迪涉及這次密謀，所以其派系人馬被逐出皇宮流亡或更動職位後，他們的職務都留給了霍加。

現在，他每天前往蘇丹居住的宮殿，在蘇丹為兩人談話安排的例行時段中，與君王談上數小時。回家後，霍加會興高采烈且得意洋洋地告訴我，每天上午蘇丹是如何先叫他解析自己前晚的夢境。在霍加擔任的所有職責中，他或許最喜歡這一件：一天上午，蘇丹難過地坦承自己前夜無夢，霍加便提議解釋別人的夢。君王熱切接受這個提案後，皇家衛兵迅速找了一位昨晚作好夢的人，把他帶到蘇丹面前。因此，每天上午解析一夢便成為慣例。其他時間，如漫步在襯著綻放紫荊及大型洋梧桐樹蔭的花園，或是搭著划槳小船優遊博斯普魯斯海峽時，他們會談論蘇丹喜愛的動物，當然還有我們想像出來的生物。他也與蘇丹論及其他主題，這是他與高采烈對我詳述的事：博斯普魯斯海流的成因為何？從觀察螞蟻規律的習性，可以得到什麼樣的寶貴知識？撇開真主的賜予，磁鐵的磁力從何而來？星星處處可見有什麼重要性？異端的習慣中，除了不信教之外，還有什麼值得了解？是否能發明出讓敵人惶恐懼怕的武器？在說完蘇丹是多麼專心聆聽他的話之後，霍加會猛然走向桌子，在厚實的昂貴紙張上為這種武器畫下設計圖樣：長砲管大砲、自行引爆的發射裝置、戰爭器具，以及讓人聯想到惡魔巨獸的幻影。他會叫我到桌邊，觀看這些他說很快就會實現的意象暴行。

但是，我想和霍加共享這些夢想。或許這就是我的心還留連瘟疫的原因，它讓我們以兄弟情誼經歷了那些恐怖的日子。整個伊斯坦堡都在聖索菲亞大教堂禮拜，感謝從瘟疫魔鬼手中獲救，但是這個疾病尚未完全在這座城市絕跡。每天早上，霍加趕往蘇丹的宮殿時，我憂慮地漫步城中，數著附近有著叫拜樓[19]的清真寺，以及紅瓦屋頂長滿苔蘚的貧微小清真寺中舉行的葬禮。出於自己也不明白的動機，我期望疾病還沒有離開這座城市和我們。

霍加談論他如何影響蘇丹及他的勝利時，我會向他說明，傳染病仍未結束，而既然防疫措施已解除，隨時可能再度爆發疫情。他會憤怒地叫我住嘴，指稱我在嫉妒他的勝利。我了解他的想法：他現在是皇室星相家，蘇丹每天早上都會告訴他自己的夢境，他可以在不被愚昧群臣包圍的情況下，讓蘇丹私下聽他談話，這是我們等待十五年的事，是一項勝利。但他為什麼說得好像這是自己一個人的勝利？他似乎忘了是我提出防範瘟疫的措施，也是我準備了那份被視為正確但後來證實不很精確的時間表；更令我生氣的是，他只記得我逃到小島的事，而忘了他自己是在什麼樣的情況下，連忙找我回來。

或許他說得沒錯，我的感覺可以說是嫉妒，但他不了解的是，這是一種兄弟般的感覺。我希望他明白這一點。我促使他憶起瘟疫之前的日子，當時我們經常坐在桌子

19 譯注：叫拜樓（minaret），清真寺提醒伊斯蘭教教徒禱告的尖塔。

兩端，像兩名單身漢，努力忘懷寂寞夜晚的無聊乏味。我也提醒他，有時他或我會感到害怕，但我們都從這些恐懼中學到很多。我向他承認，即使獨居島上時，依舊懷念那些夜晚。他鄙夷地聽著這一切，彷彿只是一個目擊者，見證我的偽善從他自身並未參與的遊戲中浮現。他沒有給我一絲希望，沒說出任何透露我們可能回到那些兄弟般共同生活日子的話。

信步從這一區走到另一區時，我發現儘管禁令解除，瘟疫卻確實像不想讓霍加所謂的「勝利」蒙上陰影，慢慢從城裡消退。偶爾，我不解為何想到死亡的陰暗恐懼從我們之間退去並逐漸消失，會讓我感到寂寞。有時，我希望我們談的不是蘇丹的夢境，或者霍加向他描述的計畫，而是昔日共度的日子：很久以前，我就準備好與他並肩而立，即使有著死亡的恐懼，以及面對他已從牆上取下的那面恐怖鏡子時。但是，霍加現在一直輕蔑地對待我，或是佯裝如此；而更糟的是，有時我相信他甚至懶得這樣偽裝。

為了將他拉回我們之前快樂的日子，我偶爾會說，我們再次坐在桌邊的時候到了。有一、兩次，我試著坐下書寫作為榜樣。當我在紙上寫滿描述瘟疫恐怖的誇大敘述、提到想做一些源於恐懼的壞事，以及論及我尚未說完的罪行，我唸給他聽時，他甚至聽都不聽。他嘲弄說，比起本身的勝利，他很可能從我的無助中得到更多。甚至當時，他就了解我們寫的不過是無用的東西。他是出自無聊才進行這些遊戲，只是希望看看結果如何，而且想考驗我：無論如何，在我以為他染上瘟疫而逃跑的那天，他就看清我的為人。我是個壞人！世界上有兩種人：一種是像他這樣的正人君子，另一種則是像我這樣的罪人。

我沒有回應這些話，認為陶醉於勝利是他說出這些言詞的原因。我的心智仍如往常一樣敏銳，發現自己對瑣事生氣時，我知道我沒有失去憤怒的能力。但是，我似乎不知道如何回應他的挑釁，或是怎麼引領他，又如何讓他中計。在賀貝里島上遠離他的日子裡，我知道自己失去目標。如果我回到威尼斯，情況將有什麼不同？經過十五年歲月，我的心早就接受母親已逝，未婚妻不再屬於我並嫁作他人婦，有了自己的家庭。我不願想到她們，她們愈來愈少出現在我的夢中。此外，我不再像前幾年一樣，夢到自己和她們一起置身威尼斯，而是夢到她們在伊斯坦堡、在我們之間生活。我知道即使回到威尼斯，我也無法重新開始失去的人生，最多可能展開另一段新生活。對於從前生活的細節，我不再有任何狂熱的感覺，除非是為了曾計畫撰寫的那一、兩本關於土耳其人及我奴隸生活的書。

我有時覺得，霍加看不起我，是因為他意識到我沒有國家、沒有目標，知道我很軟弱。有些時候，我甚至懷疑他是否體會到這麼多。他每天都如此沉醉在對蘇丹說的故事，以及夢想中驚人武器帶來的意象與勝利，並說一定會說服蘇丹，因此或許甚至不了解我在想什麼。我注意到自己羨慕地觀察他這種全然不顧他人的志得意滿。我喜愛他，喜愛他這種從誇大的勝利感中得來的不實興奮、他永無止境的計畫，以及說自己很快就會掌控蘇丹的方式。我甚至無法對自己承認，我也有類似的想法。但當我跟隨他的行動及日常活動，那種正在看著自己的感覺，有時讓我受不了。人們看著小孩和年輕人時，有時會看見自己的童年與年少時期，並帶著喜愛及好奇心觀察這個人：我感覺到的恐懼與好奇心就是這樣。我經常想到，他是如何抓著我的頸背說：「我已變成你。」但是，每當我提醒霍加那些日子，他就會打斷我，談起自己當天和蘇丹說了什麼，好讓蘇丹相信那種令人難以置信的武器，或是仔細描述那天上午解夢時，他如何吸引蘇丹的心靈。

描述這些成功事蹟時，他說得如此甜美，而我也想相信它的輝煌。有時，碰巧被無窮的想像力弄得神魂顛倒，我欣然把自己放在他的位置，對這些事深信不疑。然後，我會喜愛他和自己，還有我們，並且像個笨蛋一樣張著嘴巴聆聽令人神往的神話，迷失在他述說的內容中。我相信他口中這些未來的美妙日子，會是我們共同追求的目標。

我就是這樣開始加入他，為蘇丹解夢。霍加決定煽動這位二十一歲的君王，讓他對政府確立更大的控制力。因此，霍加向蘇丹解釋，蘇丹經常夢見疾馳的孤寂馬匹神色悲傷，是因為牠們乏人駕馭；而以殘酷利齒咬向獵物喉嚨的狼群顯得滿足，是由於牠們自給自足；哭泣的老婦、美麗的盲眼女孩、葉子被黑雨打落的樹木，都是在向他求救；聖蛛與傲鷹象徵獨立的德行。我們希望蘇丹掌控政府後，對我們的科學感興趣；我們甚至利用他的噩夢達成這個目的。在漫長、令人筋疲力竭的狩獵行程夜晚，就像多數喜歡打獵的人一樣，蘇丹會夢見自己成了獵物，或是在失去王位的恐懼中，夢到自己變成小孩坐在王位上。霍加對此解釋道，身居王位將使他永保青春，但唯有製造出比我們時時警戒的敵人更優良的武器，他才能在他們的反叛行為中確保安全。

蘇丹還夢到祖父穆拉特蘇丹把驢子一劍劈成兩半，證明他的力量；而且，驢子一分為二後，驢身還彼此奔馳而過。他也夢見潑婦祖母柯珊蘇丹娜從墳墓起身，勒死他和他的母親，並且赤裸裸地躍過他；競技場生長的不是洋梧桐，而是無花果樹，樹上結的也不是果實，而是擺盪著血淋淋的屍體；長得像他的壞人拿著袋子追他，想罩住悶死他；或是背上攜著蠟燭的烏龜大軍，從烏斯庫達入海，直接朝皇宮行軍而來，風勢吹不熄牠們的燭火。我們努力藉由科學及必須製造的驚人武器來解析這些夢境。同時，我耐心且愉快地把這些夢記在一本書中，並加以分類。我們心想，那些私下說著蘇丹怠忽國政、心中只有狩獵和動物的朝臣，錯得多麼離譜。

根據霍加的說法，我們逐漸影響了蘇丹，但我不再相信我們會成功。霍加是會取得關於新武器或科學觀測所、科學院的承諾，然後經過許多夜晚熱切地杜撰計畫後，則會有好幾個月時間，甚至沒能再與蘇丹認真談論這些話題。瘟疫過後一年，大宰相柯普魯去世，霍加找到另一個樂觀的託辭：蘇丹遲遲未能把他的計畫付諸實行，是因為害怕柯普魯的勢力及行事作風，現在這位大宰相過世，他的兒子接替父親的職位，勢力較小，是期望蘇丹作出英勇決定的時候了。

但是，我們又用了三年等待這些決定。現在讓我迷惑的，不是蘇丹遲遲不採取行動，只為他的夢境與狩獵行程昡惑，而是霍加依然能夠修正放在他身上的希望。這些年來，我一直在等待他失去希望，並且變得像我的那個日子到來！雖然他不再像以前那樣經常談論「勝利」，也不再感受到瘟疫後那幾個月間的興高采烈，卻仍保有夢想，相信有一天可以用他所謂的「大計」操控蘇丹。他總是可以找到藉口：就在將伊斯坦堡摧毀為瓦礫的大火之後，蘇丹對於「大計」的慷慨承諾，給了敵人謀反、改擁其弟為王的機會；蘇丹目前無法放手施展，因為軍隊到匈牙利的領土遠征；隔年，我們期待他們對日耳曼人展開進攻；然後，位於金角灣岸邊、霍加經常和蘇丹及蘇丹母親杜涵蘇丹娜前往的新瓦里德清真寺尚未完工，也花了大筆金錢；還有那些我從未參加的無止境狩獵活動。在家等待霍加從打獵活動返家時，我會嘗試遵從他的指示，為「大計」或「科學」提出一些聰穎的想法，並在翻閱他的書籍時懶散地打盹。

幻想這些計畫不再讓我覺得有意思，我不太在意它們一旦真的實現所帶來的結果。霍加和我一樣清楚，初識那幾年，我們對於天文學、地理學或甚至自然科學的想法，並沒有什麼實質內容。那些時鐘、儀器和模型早被遺忘在角落，開始生鏽。我們將一切延後，直到可以實踐這個他稱為「科學」的晦澀事物那一天。我們手中擁有的，不是讓我們免於毀滅的大計，只是這樣一個計畫的夢想。為了相信這個完全沒能騙倒我的無趣幻想，並感受與霍加的革命情誼，我有時試著以他的觀點來讀此刻正在翻閱的書頁，或是在想法浮現時將心比心。他打獵回來後，我會裝作在他留下來耗損我心智的任何主題上，發現了新真理。我們會就這項發現交換所有看法。當我說「海平面的高低與注入海洋的河流溫度有關」，或者「瘟疫是經由空氣中的微塵散布，天氣變化就會消失」，或是「地球繞著太陽轉，太陽又繞著月球轉」，霍加會一邊換下染塵的獵裝，並總是作出同樣的回應，讓我報以摯愛的微笑：「而這裡的白痴甚至不明白這些！」

接著，他會爆發一陣怒氣，將我捲入其中。他會對蘇丹如何追著受驚嚇的野豬，或是多麼荒唐地為一隻他叫靈提追捕的兔子掉眼淚這些話題，胡言亂語數小時。同時，他滿心不願地承認，狩獵時他對蘇丹說的話，蘇丹總是左耳進右耳出。此外，他一次又一次怨恨地問道，這些白痴什麼時候才能了解真理？這麼多笨蛋集中一地純屬巧合？還是不可避免？為什麼他們如此愚蠢？

因此，他逐漸覺得自己應該重拾他稱為「科學」的事物，這一次是為了了解他們心靈的本質。既然這讓我想起那段喜愛的日子——當時我們坐在同一張桌子的兩邊，互相看不起，卻又如此相像——所以我也和霍加一樣，熱切地重新展開我們的「科學」。但是，經過最初的嘗試，我們發現事情已和過去不同。

首先，因為不知道如何引導他，或者為何該這麼做，我就是無法催促他。更重要的是，我覺得他的苦惱和挫敗好像我自己的一樣。有一次，我向他提及此處人們的愚昧，舉出誇大的例子，讓他認為自己注定與他們一樣失敗——儘管我不這麼想——然後觀察他的反應。雖然他和我激烈爭論，指出如果我們先採取行動，並致力於這個目標，就可避免失敗一途——例如，如果我們能了解那項武器的計畫，仍舊可以扭轉將我們沖回來的歷史洪流——而且雖然如他灰心的階段一樣，他沒說「他的」計畫，而用「我們的」計畫一詞，讓我很開心，但他還是害怕遭遇不可避免的失敗。我把他當成一個無依無靠的孩子，喜愛他的狂怒與悲傷，那讓我想起自己最初的奴隸生活；而且我想像他一樣。當他在房裡來回踱步，看著屋外夜雨中骯髒的泥濘街道，或是金角灣邊一些仍點著慘白、晃動燈火的房舍，彷彿尋找維繫他希望的新跡象時，曾有一度看來像在這個房間踱步、苦惱的人不是霍加，而是年少的我。這個曾經是我的人，已經離我而去，不復存在；而現在於角落假寐的這個我，嫉妒地渴望著他，彷彿在他身上可以找回失去的熱情。

但是，我也終於對這種不斷自行恢復生氣的熱情感到厭倦。霍加成為皇室星相家後，在蓋布澤的地產擴大了，我們的收入也增加。他的工作只是偶爾和蘇丹聊聊天，沒有其他事。每隔一段時間，我們會去蓋布澤，巡視荒廢的磨坊和村落。這裡最早出來迎接我們的，是缺乏管束的牧羊犬。我們還會核對收入及翻尋帳目，試著找出管理人騙了多少錢。我們為蘇丹寫一些有趣的文章，有時大笑，但多數時候抱怨無聊，這就是我們做的事。如果我不曾堅持，他可能不會安排這些插曲，只在虛擲光陰後與香噴噴的妓女廝混。

讓他更為沮喪的是，蘇丹受到軍隊遠征，以及帕夏為了日耳曼戰役或克里特要塞的事務不在城裡等因素鼓舞，加上他的母親無法強迫他聽命，於是蘇丹身旁再度聚集了那些饒舌的自作聰明人士、小丑及模仿者。霍加厭惡且憎恨地看待這些原已被逐出宮的人士，而為了讓自己不同於這些騙子，並且使他們認同自己的優越，他決心不與他們往來。但是，在蘇丹的堅持下，他卻只能和他們談話，並聽他們的辯論。聽這些人討論下面的議題後，霍加不免對未來感到絕望：像是動物是否有靈魂？如果有，哪些會上天堂？哪些又會下地獄？珠蚌是公的？還是母的？每天早上升起的太陽是新的太陽？抑或只是早上落在另一端的同一個太陽？霍加表示，如果我們不採取行動，蘇丹很快就脫離他的掌握。

由於他說的是「我們的」計畫、「我們的」未來，我欣然贊同他的論點。為了努力掌握蘇丹心中所想的事物，我們一度仔細查閱我保存多年的筆記本，其中有著我們的夢想、我們的記憶。如同列舉櫃子抽屜裡的所有物品，我們試著清點蘇丹心靈深處的物件，結果完全無法振奮人心：儘管霍加依然熱切地談論將拯救我們的驚人武器，或是待解之謎仍隱藏在我們心靈深處，但他現在再也無法表現得像是從沒想過毀滅性的失敗將來臨。幾個月來，我們都在談論這個問題，讓自己筋疲力竭。

我們是否了解，「失敗」意謂這個帝國將會一一失去所有領地？我們在桌上攤開地圖，哀戚地決定先是哪一塊領土，接著哪一處山脈或河流將失去。或者，失敗意謂人們會改變，並且不知不覺地轉變信念？我們想像某天早上，伊斯坦堡所有人從溫暖的被窩起床後，可能如何像變了一個人；他們將不知道怎麼穿衣服，不記得叫拜樓的作用。抑或，失敗意指承認別人的優越，努力向他們看齊：這樣他就會描述我在威尼斯的一些人生情節，而我們想像這裡的熟人如何體現我的經歷，他們頭上戴著外國的帽子，腿上穿著外國的褲子。

我們決定把這些夢想呈交給蘇丹，作為最後的手段。構思這些夢想時，我們忘了時間的流逝。我們認為，這些在我們各種幻想下顯得栩栩如生的所有失敗想像，可能促使他採取行動。因此，在那些寂靜的黑夜，我們帶著一種悲傷與絕望的欣喜，虛構出挫敗及失敗的幻想，把這些源自幻想的想像寫成一本書：頭兒低垂的貧民，泥濘的道路，未完工的建築，陰鬱的怪異街道，人們吟誦著他們不懂的禱文來祈求一切可以回到過去，哀傷的父母，以及生命苦短而無法向我們傳達其他土地有什麼成就和紀錄的不幸人們，機器閒置，因悲嘆美好昔日而眼眶溼潤的靈魂，瘦得皮包骨的流浪狗，沒有土地的村民，城裡到處都是流浪漢，無知的穆斯林穿著長褲，所有戰爭都以失敗收場。書的另一部分，我們提及我褪色的記憶：一些場景來自我和父母及兄弟姊妹在威尼斯度過的求學時代中，快樂和具啟發性的經歷；那些將征服我們的人是這樣生活的，必須搶在他們之前採取行動，與之一爭高下！結論的部分，我們的左撇子謄寫員抄寫了一首韻律優美的詩篇。這首詩篇以凌亂的碗櫥作為隱喻，霍加大為激賞。同時，這首詩作可被視為一扇敞開的門，可通往我們心靈難解謎題中的陰鬱迷惑之處。詩作巧妙編織的朦朧，以及本身散發的莊嚴與寧靜，捕捉到我和霍加撰寫的所有書籍及論文中的悲傷本質。

就在霍加呈交這本書之後一個月，蘇丹下令要我們著手進行這個驚人的武器。我們對他的命令感到困惑，一直無法確定我們的成功有多少是拜這本書所賜。

9

當蘇丹說「讓我們見識一下這個可以殲滅敵人的驚人武器」時，或許是在考驗霍加；或許他曾有一個沒讓霍加知道的夢想；或許他想讓跋扈的母后及折磨他的帕夏知道，他養在身邊的「哲學家」也能有所貢獻；或許他認為霍加可以繼瘟疫之後，再創另一個奇蹟；或許他真的深受我們書中充斥的失敗意象影響；也或許不是由於我們的失敗想像，而是實際上嘗到的幾次軍事失利，讓他對先前擔憂的想法有了警覺——那些想讓其弟取而代之的人，可能會把他拉下王位。我們一邊思考所有可能性，一邊恍惚計算蘇丹為了資助武器研發，贈與我們的那筆來自各村落、商棧及橄欖園的龐大收入。

霍加下定決心，只有我們本身創造的驚訝，才能讓我們驚訝：他年復一年告訴蘇丹的所有故事，我們寫的論文和書籍，還有他原本相信而我們現在應該懷疑的東西，是否都是錯的?另外，還有蘇丹開始好奇我們心靈陰暗處發生的事。霍加興奮地問我，這不就是我們長久以來盼望的勝利?

的確是的，而且這次我們像夥伴一樣工作。因為我對結果不像他那麼焦慮，所以我非常快樂。接下來六個年頭，他致力研發武器，我們時時置身危險境地。不是因為我們接觸火藥，而是替自己招來了敵人的妒意。每個人都不耐地等著看我們成功或失敗;我們也在恐懼中等待相同的事，因而陷入危險。

剛開始，我們只在桌邊作業，浪費了一個冬天。我們既興奮又狂熱，但腦中始終只有武器的概念，以及想像它如何摧毀敵人時縈繞心頭的模糊想法。後來，我們決定到戶外作業，實驗火藥。就像準備煙火表演那幾個星期，我們的人員依指示的比例，混合各種成分，然後在我們退回到大樹下的涼爽樹蔭後，從安全的距離引爆火藥。好奇的探尋人士從伊斯坦堡各地前來，觀看這些爆炸時伴隨著不同巨響的多彩煙霧。時間一久，民眾就在我們架設帳篷、標靶，以及鑄造短砲管與長砲管大砲的地方，建立了集市。夏末的某一日，蘇丹本人無預警地現身。

我們為他進行一場展示，巨響撼動了地面與天際。我們逐一展現手中填裝適當火藥混合物的彈筒和彈殼、尚未鑄造的新槍和長砲管大砲的模型計畫，以及似乎會自行引爆的定時發射裝置。他對這些東西的興趣，還不及對我的興趣大。霍加原本不想讓我接近蘇丹，但展示開始後，蘇丹發現我和霍加一樣經常下達命令，我們的手下仰賴我就像仰賴霍加那樣，於是他開始覺得好奇。

經過十五年後，我第二次被引領謁見他。蘇丹注視我的模樣，就好像我是某個他從前見過卻無法馬上認出的人。他看起來像閉著眼睛，正試著分辨口中所嘗水果的樣子。我親吻了他的衣襬。他聽聞我在這裡二十年，但仍未成為穆斯林時，並沒有感到困惑。他心中別有想法。「二十年？」他說：「真奇怪！」接著又突然問我：「教他這一切的人就是你嗎？」他提出這個問題，顯然不是要聽取我的回答，因為他隨即離開了我們這個充滿火藥及煙硝味的破爛帳篷。但走向駿逸白馬時，他突然停下腳步，轉身面對我們兩人。當時我們並肩站著，蘇丹忽然面露微笑，彷彿看到真主用來粉碎人類傲慢、令其察覺自身愚蠢所創造的無雙奇蹟之一：一個十足的侏儒或是一模一樣的雙生兄弟。

那天晚上，我一直想著蘇丹的事，但不是按照霍加希望的方式。他不斷帶著厭惡地談論他，但我明白自己無法對他心懷憎惡或鄙夷：我深受他不拘小節、親切，以及被溺愛的小孩那種暢所欲言的氣質吸引。我想作像他一樣的人，或者成為他的朋友。霍加的憤怒爆發完畢之後，我躺在床上嘗試入睡，一邊深思蘇丹看來不像是應該當傀儡的人；我想把一切告訴他。但一切到底是什麼？

我的關注沒有石沉大海。一天，霍加滿心不願地說，蘇丹希望那天早上也能見到我，所以我與霍加一起進宮。那是一個空氣中飄著海洋味道的秋日。我們整個上午都待在洋梧桐樹下的蓮花池畔，那是在一處覆滿紅色落葉的廣大森林裡。蘇丹想談談池塘裡到處都是的扭動青蛙。霍加並未滿足他，只重複一些缺乏想像力及活力的陳腔濫調。蘇丹甚至沒有注意到這種讓我極震驚的無禮。他對我的興趣大多了。

因此，我開始詳細講述關於青蛙跳躍的機制、牠們的血液循環系統，以及如果小心移除，牠們的心臟還可以在體外跳動好一陣子，還介紹牠們吃的蒼蠅和昆蟲。我要求送來紙筆，以便更清楚地說明從卵到池裡成蛙的各個階段。一組蘆稈筆放在鑲嵌紅寶石的銀盒中送上，當我用這些筆繪圖時，蘇丹專注地看著。他顯然愉快地聽著我記得的青蛙故事。講到公主親吻青蛙那個段落時，他發出作噁的聲音，扮了鬼臉，但仍然不像霍加描述的那個愚昧少年；他看起來更像是堅持以科學和藝術展開每一天的認真成年人。在這些安詳時刻中，霍加始終皺著眉頭。最後，蘇丹看著手中的青蛙圖畫說道：「我一直懷疑是你編寫他呈來的故事。看來你也畫了那些圖！」然後，他問了我有關八字鬍青蛙的事。

我和蘇丹的關係就是這樣開始的。現在，每當霍加進宮時，我都會陪他一起前往。剛開始霍加沒說多少話，大部分是我和蘇丹談話。當我與他談及他的夢想、他熱中的事物，以及他對過去與未來的恐懼，不禁懷疑面前這個具幽默感且聰穎的人，跟霍加談了多年的那位蘇丹有何相似之處。我可以從他提出的機敏問題，以及他的敏銳，得知這一點。例如，拿到我們呈交的書之後，他一直在思索，霍加有多少部分是我，我又有多少部分是霍加。至於霍加，當時他忙於自己嘗試鑄造的大砲及長砲管，無暇關心這些臆測，反正他也覺得這些推測愚蠢至極。

著手研究大砲六個月後，霍加驚覺皇室砲兵事務長非常氣憤我們插手這些事，揚言不是他辭職，就是要把我們這種壞了槍砲工藝名聲，自以為在發明新事物的瘋狂笨蛋逐出伊斯坦堡。霍加並不尋求妥協，即使皇室砲兵事務長有意獲致協議。一個月後，蘇丹下令我們不得在大砲領域研發新武器，而霍加並未因此深感困擾。我們兩人現在都明白，我們鑄造的新槍及長砲管大砲，並沒有比使用多年的舊槍砲出色。

所以，依霍加的說法，我們又進入一個新階段。在這個階段，我們要重新構思一切。因為現在習慣了他的怒氣與夢想，對我來說，唯一的新鮮事，是開始了解這位君王。而蘇丹也喜愛我們的陪伴。就像為了解決兩兄弟的彈珠爭執，說著「這是你的，而那是你的」的慈愛父親，他以對我們言語及行為的觀察，來調解我們的爭端。我覺得這些觀察有時很幼稚，有時又很聰明，開始讓我煩惱：我相信不知不覺中，我的人格已自行脫離，與霍加的人格合而為一，反之亦然；而蘇丹藉由評估這個想像的創造物，已經比我們本身更了解我們。

當我們解釋他的夢，或是談論那個新武器時——那段日子裡，我們只需與自身的夢想奮戰——蘇丹會突然打斷我們，然後轉向其中一人說：「不，這是他的想法，不是你的。」而有時，他會區分我們的動作：「你現在環顧四周的樣子就像他一樣。作你自己！」當我驚訝地大笑，他會繼續說道：「好極了，這樣好多了。你們兩人可曾同時照鏡子？」他又問，當我們照鏡子時，誰可以一直作自己。有一次，他下令拿出多年來我們為他撰寫的所有論文、動物寓言集和時間表，提到第一次閱讀這些文章時，他一頁頁翻看，嘗試猜想哪一部分是我們哪一個人寫的，甚至哪一部分是其中一人以另一人的立場寫作的。不過，真正讓霍加生氣的，卻是我們謁見蘇丹時他召見的模仿者，我被這個人迷住了，卻又極度迷惑。

不管臉孔還是外型，這個人都不像我們。他既矮又胖，衣著也完全不同，但是開口後卻讓我震驚不已。那就像是霍加在說話，而不是他自己。他會像霍加那樣，靠向蘇丹的耳朵，彷彿耳語著一件祕密。論及較細微的觀點時，他的聲音會如同霍加，轉為低沉，帶著深思熟慮與慎重的態度。他也像霍加一樣，突然間對正在說的事徹底陷入激動狀態，熱切地揮舞雙手和手臂來說服對方，喘不過氣來。儘管以霍加的聲調說話，但他沒有描述與星辰或驚人武器相關的計畫，只是列舉從御廚那裡得知的菜色，以及準備時需要的原料和香料。蘇丹面露微笑，這位模仿者繼續他的模仿秀，逐一指出伊斯坦堡與阿列波之間的商棧，讓霍加臉色難看。接著，蘇丹要這位模仿者仿效我。那個注視著我，震驚得闔不攏嘴的人，就是我：我正驚愕不已。當蘇丹要他模仿半是霍加半是我的人，我完全著迷了。看著這個人的行動，就像蘇丹做的那樣，我也想說：「這是我，而那是霍加。」但這名模仿者自行這麼做了，輪流用手指指著我們兩人。蘇丹稱讚並遣退這名男子後，命令我們思考剛才看見的事。

他是什麼意思？那天晚上，我告訴霍加，蘇丹遠比多年來他向我描述的那個人聰明許多，並指出蘇丹早已發現霍加希望引領他的方向，霍加再次勃然大怒。這次他覺得自己大有理由生氣：那名模仿者的詭計令人難以忍受。霍加說，除非被強迫，否則再也不會踏進宮中一步。現在他終於擁有自己等待多年的機會，不打算羞辱自己，浪費時間和那些笨蛋在一起。既然明白了蘇丹的熱忱，以及他有著戲弄小丑的機智，我願意代霍加進宮。當我報告說霍加生病了，蘇丹並不相信。「讓他去忙武器的事。」他說。因此，霍加計畫並完成這個武器的四年期間，我前往皇宮，他則和我過去一樣，懷抱夢想留在家中。

四年間，我學會人生並非只是用來過日子，而該拿來享受。看到蘇丹像尊重霍加一樣尊重我的人們，很快便邀請我參加皇家日常例行的典禮和慶祝活動。一天是一位大臣的女兒結婚；隔天蘇丹又添了一個孩子，舉行慶典誌賀皇子的割禮；另一天是慶祝自匈牙利人手中奪回一座城池；接著安排標誌王子第一天上學的儀式；之後開始齋月和其他宗教節日。不斷吃著這些豐盛美食與肉飯，加上在這些經常持續數天的節慶中，大啖糖製的獅子、鴕鳥、美人魚和堅果，我很快就胖了。多數時間我都在看表演：皮膚亮著油光的力士一直扭打到昏倒；表演走鋼索的人在清真寺叫拜樓之間拉起的高空鋼索上走動，把玩揹負的棍棒，用牙齒弄扁馬蹄鐵釘，以刀或串叉刺著自己；魔術師從袍子裡變出蛇、鴿子和猴子，轉眼間在我們手中變出咖啡杯，讓我們荷包裡的錢消失；或是卡拉郭茲與哈西瓦特故事的皮影戲[20]，其中有我喜愛的情色部分。晚上如果沒有煙火表演，我會跟著大多是當天認識的新朋友，前往大家常去的一處宮殿或宅邸。喝著茴香酒或葡萄酒，聽著音樂，數小時後，我會與模仿倦懶瞪羚的美麗舞孃、走在水面上的俊俏男孩，以及用熱切歌聲頌唱傷感和歡樂歌曲的歌手，盡情碰杯。

我經常前往大使官邸，這些使節對我極感好奇。而在欣賞了年輕男女伸展美麗身

20　譯注：卡拉郭茲（Karagoz）是十四世紀住在布魯薩的幽默人士，後成為土耳其皮影戲中的著名幽默人物。戲劇中卡拉郭茲為了駁倒偽裝成朋友的哈西瓦特（Hajivat），說了很多庸俗的笑話。

軀演出芭蕾，或是來自威尼斯的樂團表演最新的無聊誇耀曲目後，我將享受名聲漸隆的好處。聚集大使館的歐洲人會問我經歷過的可怕冒險，好奇我遭遇過什麼，以及如何忍受這一切，又怎麼繼續撐下去。我隱藏自己都在屋裡打瞌睡、寫作愚蠢書籍，就此度過整個人生的事實。然後就像在蘇丹面前做的一樣，我告訴他們自己對這塊異國土地即興創作出的驚人故事，令他們深深著迷。除了在父親伴隨下進行婚前亮相的年輕女性，以及和我打情罵俏的使節夫人，連那些顯貴的使節與官員都激賞地聽著宗教和暴力的血腥故事，私通與後宮的密謀，這些所有我虛構的情節。如果他們力促，我甚會悄聲說出一、兩件國家機密，或是描述一些蘇丹的奇怪習慣，沒人知道那是我當場捏造的。他們一旦要求更多訊息，我則擺出一副諱莫如深的樣子，樂在其中。我會裝作無法全盤道出自己知道的事，且以沉默作為掩護，而這些霍加要我們與之競爭的笨蛋被激起好奇。但是，我知道他們之間盛行一則傳言，說我參與某種需精通科學的大型神祕計畫，那是一項必須投入巨資的祕密武器設計。

晚間自這些官邸及宮殿返家時，我心中仍充滿方才所見的美麗身影，同時因痛飲的烈酒酒氣頭昏腦脹。霍加坐在我們已有二十年歷史的桌子旁邊，以一種我從未見過的急切態度投入工作，桌上堆滿我不了解的奇怪模型、圖案，以及使勁亂筆塗鴉的書頁。他叫我說說一整天看到及做了些什麼，但聽了又很快厭惡起這些他覺得無恥又愚蠢的消遣。這時他會打斷我，開始描述他的計畫，談論「我們」和「他們」。

他會再次重述，一切都與我們心靈的未知內在面貌有關，據此架構整個計畫。他興奮地談論滿是垃圾的碗櫥（也就是我們稱為腦的東西）中的均衡或混亂。但是，我不了解這如何能作為一個起始點，用以設計他投注自身及我們所有希望的武器。我懷疑是否真的有人了解此事——包括他自己，而我原先並不認為有人能夠了解。他宣稱，有朝一日有人會打開我們的頭腦，證實他所有想法。他談到瘟疫期間我們一起照鏡子凝視自身時察覺到的一個偉大真理：現在，他的心靈已將一切看得透徹，瞧，在這個真理時刻，那個武器也有了它的源起！接著，他不自覺地以和我一樣的動作，用顫抖的指尖指著紙上一個奇怪、不顯眼、模糊的圖形給我看。

這個圖形似乎讓我想起某件事，每次他拿給我看時，我便會稍稍多想起一些。看著這塊我稱為圖形「惡魔」的黑色污點，一種突然想說出它讓我想到什麼的感覺升起。然而，由於一時的猶豫，或者懷疑自己可能是記錯了，結果我什麼也沒說。這四年期間，我從來不曾清楚看懂這個他到處在紙張上描繪的圖形；而他則隨著圖形每一次的進展，對其賦予更明確的定義。同時，經年累月為此付出這麼多努力和金錢之後，他終於可以付諸實現。有時我把它比喻為我們日常生活的東西，有時是我們夢中的意象，一、兩次則像昔日彼此敘述自己的回憶時看到或談論的事物。但是，我就是缺乏臨門一腳，無法說明掠過心頭的意象，所以屈服在這種混亂思緒中，徒然等待這個武器自行揭開它的祕密。即使四年後，這個小小的污點轉化為龐然大物，高如大清真寺，成為整個伊斯坦堡談論的駭人異象，霍加稱其為「真實的戰爭機器」，還有每個人都把它比喻成某種東西時，我依然無法想起，過去霍加是如何對我細述這個武器未來將獲致的勝利。

進宮時，我像起床後努力憶起執意忘懷之夢境的人，試著向蘇丹重述這些逼真的驚人細微事物。我提及那些霍加不知向我描述了多少次的輪子、發射器、鐘形頂蓋、火藥及操作桿。這些文句不是我的用詞，而儘管我的敘述缺乏霍加那種激情狂熱，仍能發現蘇丹深受影響。看到這種模糊的言詞堆砌，以及我生澀詮釋霍加關於勝利與拯救的熱情詩句，為眼前這位我深感認真的人啟發了希望，也讓我大為感動。蘇丹會說，霍加——那個留在家裡的人——是我。他這種智力遊戲徹底迷惑了我的心智，但不再令我驚訝。當他說我是霍加，我覺得最好不要順著他的邏輯，因為他很快就會斷定教導霍加這一切事物的人是我——不過不是現在遲鈍的我，而是許久之前改變了霍加的那個我。我心想，要是我們談的是娛樂、動物、過去的節慶或商人遊行的準備，那該多好。後來蘇丹說，大家都知道，我是這項武器計畫的幕後主導者。

這是最讓我吃驚的部分。霍加多年未公開露面，幾乎被人遺忘。那個不管在宮中、在城裡如此頻繁出現於蘇丹身邊的人是我，現在他們嫉妒的人是我！他們對我這個異教徒咬牙切齒，不只因為那筆來自龐大羊群、橄欖園與商棧的收入，將投注在那項日漸引人說長道短的難解武器計畫上，也不僅是由於我如此接近蘇丹，而是這一切同時意謂：研製這個武器讓我們涉入別人的事務。當我無法對他們的誹謗充耳不聞時，就會向霍加或蘇丹透露我的恐懼。

但是，他們沒什麼反應。霍加完全埋首工作。我如老人渴望年輕人的激情般，渴望他的怒氣。最後那幾個月，他為紙上那個可疑的黑色污點增添了細節，並將其轉化為一個怪異龐然大物的模型設計。他在這些模型上投入驚人資金，以厚實得任何大砲皆無法穿透的製鐵鑄造，對於我提到的那些壞話甚至聽都沒聽。他只對談論他工作的大使官邸感興趣：這些使節是什麼樣的人？他們怎麼想？對這個武器有任何意見嗎？更重要的是，為什麼蘇丹從未考慮派遣使節，在這些國家設立代表帝國的使館？我意識到他希望獲得這個職務，逃離這裡的笨蛋，以及置身他們之間的生活。但即使在對自己的設計能否實現感到絕望、鑄鐵失敗，或是自覺即將耗盡資金的日子裡，他都未曾公開說出這個想望。他只透露過一、兩次，想和「他們的」科學人士建立關係，認為或許他們會了解他所發現關於頭腦內在的真理。他想與威尼斯、法蘭德斯，任何當時他想到的遠方城市中的科學人士通訊。其中最優秀的人是誰？他們住在哪裡？如何才能與他們通訊？我是否可以從使節那裡得知這些事？最後那些日子，我不太關心這個武器是否終將成真，而是放任自己享樂，忘懷他的這些期望。這些希望透露的消沉跡象，可能讓我們的敵人覺得有趣。

蘇丹也不理睬我們敵人的流言。準備測試武器的那些日子，霍加試圖找尋有勇氣的人。這個人必須進入那個可怕的金屬巨獸裡面，在被鏽鐵臭味嗆得透不過氣的當兒，還能夠轉動整速輪。這段期間，蘇丹甚至沒有聽我對那些謠言的抱怨。他還是像往常一樣，要我重複霍加說的話。他相信霍加，對一切都很滿意，一點也不後悔曾對他抱以信任：對這一切，他很感激我。當然，這是出於同樣的理由：因為我曾教導霍加所有事情。如同霍加一樣，他也談論關於我們頭腦內在的事，然後提出其他與這個感興趣話題類似的問題。蘇丹就像很久、很久以前的霍加一樣，會問我：他們在那個國度、在我的國家是如何生活的？

我講述夢想，讓他聽得津津有味。現在我已無法分辨，這些故事是我年輕時真正經歷的事，抑或每次坐在桌旁寫書時自我筆尖流瀉的幻想。經過如此頻繁的重複敘述，連我自己都確信其中大部分是真的。有時，我會說出一些浮現心頭的有趣謊言。有些無稽之談隨著一再重述日益增長。既然蘇丹對人們穿在身上的衣物有許多鈕釦這樣的細節表現出興趣，我就複述這一點，並且說著不確定來自記憶還是自身夢境的故事。但是，仍有一些經過二十五年後我仍然無法忘懷的記憶，那是真實的事：在椴樹底下的家庭餐桌旁，我和父母、兄弟姊妹的早餐談話！這是最無法挑起蘇丹興趣的瑣事。有一次，他對我說，基本上，每段人生都很像。讓我吃驚的是：蘇丹臉上出現我從未見過的恐怖表情，我想問他那是什麼意思。不安地觀察他的神色時，我有股衝動想說：「我就是我。」那情形彷彿當時我若有說出這個無意義句子的勇氣，就可以消滅一切藉由陰謀把我變成別人的流言蜚語，以及霍加和蘇丹玩弄的所有遊戲，然後再度寧靜地生活在自身的存在之中。但是，就像那些害怕提出任何可能危及自身安全的疑慮的人，我在恐懼中保持沉默。

這是春天發生的事，當時霍加已完成武器的製造，因為尚未召集到他需要的人手，因此還沒有進行武器測試。不久，我們驚訝地聽聞，蘇丹隨軍參加對波蘭領地的遠征。為什麼他沒將這個終極武器一起帶去？為什麼他沒有帶我去？他不信任我們嗎？就像其他留在伊斯坦堡的人一樣，我們相信蘇丹不是去打仗，而是打獵去了。霍加對多得到一年時間感到高興；而既然我沒有其他消遣或娛樂，我們便一起進行這項武器任務。

徵募操作這個武器的人員很不容易。沒有人願意進入這個可怕、神祕的機械裡。霍加放話出去，將提供優渥的酬勞。我們找沿街傳布消息的人，到城裡、造船所與大砲鑄造廠散播消息，並在咖啡館的遊民、無家可歸者與喜愛冒險的人間找尋人手。即使克服恐懼進入這座鐵製巨獸內部，我們找到的人也大多很快逃走，因為無法忍受擠進這座高溫的奇特昆蟲烹食器，操作整速輪。夏末我們讓這個機械開始能夠運轉後，多年來為這項計畫積存的錢也用罄。在好奇人們困惑和驚駭的注視下，這個武器笨重地移動。勝利的呼喊聲中，它從右側迂迴行進至左方，攻擊一座想像的堡壘，發射砲彈，然後靜止不動。資金持續從我們的村莊及橄欖園湧進，但維持我們召集的操作小組的費用過高，霍加只好解散人員。

冬天在等待中過去。遠征歸途中，蘇丹駐蹕喜愛的埃迪尼。沒有人找我們出去，兩人獨處。上午皇宮沒有人聆聽我們的故事，晚上也沒有官邸的人款待我，我們沒什麼事做。我請一位來自威尼斯的畫家為我繪製肖像，並學習五德琴[21]，努力消磨時間；霍加則每隔一會兒就前往舊牆圍繞的庫勒底比，探看他派了一個看守人守衛的武器。他忍不住到處為它加點東西，卻很快又厭倦。我們最後共度的冬夜，他沒有提及這個武器，也未談論關於它的計畫。他突然顯得缺乏活力，但不是因為喪失熱情——而是因為——我對他不再有啟發。

---

21 譯注：五德琴（Oud），伊斯蘭弦樂器，琴身形如琵琶。

晚上多數時間我們都在等待，等待風雪停止，等待深夜小販最後的叫賣聲經過，等待爐火減弱，這樣才能多添柴火。在如此的冬夜，我們甚少交談，經常各自漂流在自己的思緒裡。一個這樣的晚上，霍加突然說，我的改變這麼大，終於變成一個完全不同的人。我胃部翻攪，開始出汗。我想反擊，說他錯了，告訴他我一直是原來的樣子，我們很相似，他應該像以前那樣注意我，我們仍然有很多、很多事情可以談論。但是，他說得沒錯。我的目光被靠放牆邊的肖像吸引，那是當天早上才拿回來的我的畫像。我變了：大啖美食佳肴後，我變胖，有雙下巴，肌肉鬆弛，行動遲緩；更糟的是，我的面貌已然完全不同。經過那些狂歡會的狂飲與縱情聲色，一種低俗的神色悄悄爬上我的嘴角；加上不在正常時間睡覺及酩酊大醉，讓我兩眼無神。就像滿足於自己的生活、世界和他們自身的那些笨蛋，我顯露出一種粗鄙的自得模樣。但我知道我很滿意自己的新狀態，我什麼也沒說。

後來，直到得知蘇丹點召我們及我們的武器到埃迪尼加入軍隊，我一直反覆作著同樣的夢：我們身處威尼斯一場化妝舞會，它令人迷惑地想起伊斯坦堡的宴席。當「交際花」拿下她們的面具，我在群眾中認出了母親和未婚妻。而當我摘下面具，滿懷希望她們也會認出我時，不知怎麼地，她們不知道那就是我。她們用面具指著我身後的一個人。我轉身看去，發現這個人是霍加，他會知道我就是我。然後，我走向他，希望他認出我。這個我知道是霍加的人不發一語地拿下面具，嚇壞了我。一股罪惡感讓我從夢中驚醒，因為面具底下出現的是——我年輕時的樣貌。

10

夏初，得知蘇丹希望我們帶著那個武器前往埃迪尼時，霍加終於有了行動。此時，我才知道他一直預先準備著一切，整個漫長的冬季都與武器操作小組保持聯繫。三天內，我們就做好作戰的準備。最後一天晚上，霍加的樣子就像我們是要搬遷新家。他到處翻尋裝訂已破損的舊書、半完成的論文、泛黃的初稿與個人物品等等。他讓他生鏽的祈禱報時鐘再度轉動，重新拿出天文儀器。他不斷檢查二十五年來關於書籍、模型及武器素描的草稿，直到天明。日出時，我看到他在翻閱那本破舊泛黃的小筆記本，我在裡面寫滿對我們第一次煙火表演的實驗觀察。他膽怯地問道：我們是否該把這些一起帶去？我覺得會不會用到這些？看到我茫然望著他之後，他厭惡地將這些東西扔到角落。

然而，這次前往埃迪尼的十天旅程中，即使不像以往那樣，我們仍感覺彼此非常親近。尤其霍加很樂觀。人們說我們的武器是怪物、大蟲、撒旦、烏龜弓箭手、活動塔、鐵車、紅公雞、輪上壺、巨物、獨眼巨人、怪獸、豬、吉普賽、藍眼怪，它伴隨著駭人的尖叫及呻吟所形成的奇異喧囂聲浪，緩緩上路。觀者都確切感受到霍加希望傳達的恐懼，而且它的前進速度比他預期的快。他開心地看見自附近村落聚集而來的好奇人士，排排站在路邊的山丘上，奮力希望一窺這個他們害怕接近的武器。經過一整天的流血流汗，晚上在蟋蟀聲襯托出的寧靜中，我們的人員在帳篷中熟睡，霍加會向我描述他的紅公雞將蹂躪我們的敵人。沒錯，他不像以往那麼興高采烈，而且和我一樣，也擔心蘇丹身邊的人與軍隊對這個武器將有什麼反應？會被安排在進攻編制中何種位置？但是，他仍能以滿足與確信的態度談論我們「最後的機會」，以及我們可以如何把情勢扭轉成對自己有利的一方，還有，更重要的，他狂熱從未減損的「他們與我們」。

這個武器在歡迎儀式中來到埃迪尼，只有蘇丹和一些無恥的奉承侍從帶著興奮之情迎接。蘇丹像見到老朋友一樣歡迎霍加，此時已有可能爆發戰事的傳聞，但沒有什麼備戰或慌張的跡象。他們開始共度時光，我也加入兩人的行列。當他們騎馬到附近陰暗森林聆聽鳥鳴，搭船順著圖哈河及梅里奇河遊覽看青蛙，到塞利米耶清真寺天井撫弄對老鷹張牙舞爪和哀鳴的鸛鳥，或是觀看另一次武器演習時，我都一直和他們在一起。但是，我困窘地體認到，在他們的對話中，我完全搭不上話。我沒有可以真誠對他們訴說，或是他們會覺得有趣的話。或許，我嫉妒他們的親密。但我知道，我終於厭倦了這一切。霍加仍吟誦著同樣的詩句，此時我震驚地發現，相同的虛構神話仍深深影響蘇丹：關於勝利、「他們」的優越、我們激勵自己並採取行動的時間終於到來，還有關於我們心靈的未來及謎題般的神話。

夏季過半之際，時局濃濃瀰漫著戰爭的傳言。一天，霍加說他需要一位堅強的同伴，請我跟他一起去。我們快步穿過埃迪尼，經過吉普賽與猶太區，來到一些我曾經漫步走過的灰色街道，當時的壓迫感又迎面而來。接著，我們行經貧窮的穆斯林住家，這些房子多數沒有太大不同。最後，當發現那些覆滿長春藤的房子先前看到時是在左邊，現在卻位於右方，我知道我們已折返走過的街道。我開口探問，得知我們在菲達米區。霍加突然敲了其中一間屋子的門。一名約八歲、有著綠色眼眸的男孩開了門。「獅子，」霍加對他說：「蘇丹宮中的獅子逃走了，我們正在搜查。」他推開男孩進入屋內，我緊隨其後。我們很快穿過帶有鋸木屑及肥皂味道的幽暗內室，爬上吱喀作響的樓梯，來到樓上一個長廊。霍加開始打開走廊上的門。第一扇門內有一位打盹的老人，大大張著沒有牙齒的嘴巴，兩名嬉笑的孩童把玩著他的鬍子。看到門被打開時，他們都跳了起來。霍加關上那扇門，打開另一扇，裡面有一堆被褥，以及縫製被褥的物品。為我們打開大門的那個男孩，搶在霍加前面抓住第三扇門的門把說：「這裡沒有獅子，只有我媽媽和阿姨。」但霍加還是將門打開，看到兩名婦人背對我們，在微弱的光線下進行禱告。第四個房間中，則是一名在縫製被褥的男子。他沒有鬍子，看起來比較像我。看到霍加時，他起身大喊：「你這瘋子，你在這裡做什麼？」「你想對我們怎麼樣？」「莎姆拉在哪裡？」霍加問道。「她十年前去了伊斯坦堡。」那名男子說：「我們聽說她死於瘟疫。你們怎麼沒一起死？」霍加不發一語地走下樓梯，離開這棟屋子。隨他離去時，我聽到那個孩子在身後大叫：「媽，這裡有獅子！」一位婦人回答：「不，孩子，是你的伯父與他的兄弟！」

或許因為我無法讓自己忘懷過去，也或許我在為新生活及這本你仍耐心閱讀的書作準備，兩星期後，我在黎明時分回到同樣的地方。剛開始，我在清晨的光線下無法看清楚，一直找不到那間屋子。終於找到之後，我試著猜想前往倍亞濟清真寺醫院的最快捷徑為何，一面試著重返這座醫院。然而，或許我誤以為霍加和他的母親會走最快的路，因此找不到那條映著白楊樹蔭並通往那座橋的捷徑。我的確找到一條有著白楊林立的路，但附近沒有昔日他們休息、吃著哈發糕的河流。醫院也沒有我想像的那些玩意兒，院中非但不泥濘，甚至極乾淨，也未見流水的聲音和色彩鮮豔的瓶瓶罐罐。看到一名銬著鎖鍊的病人時，我忍不住問醫生關於這個人的事：他墜入情網，然後瘋了，而且就像大部分瘋子一樣，以為自己是別人。醫生原本會跟我說更多此人的事，但我沒繼續聽就離開了。

原以為永遠不會出現的開戰決定，在夏末一個我們最意想不到的日子發生。因為無法接受前一年的敗戰，以及隨後而來的重稅，波蘭人送來這樣的訊息：「拿著你們的劍來收稅。」規畫進攻編制時，軍中沒有人想到要部署這個新武器。接下來幾天，霍加滿懷怒氣。沒人想靠這堆熟鐵作戰，也沒有人期待這個巨大茶壺發揮什麼作用；更糟的是，他們認為它是個壞兆頭。預定出發的前一日，霍加檢視戰事的各種預兆。我們聽到敵人煽動的傳言，大家公開說這個武器就跟帶來勝利一樣，也能輕鬆召來詛咒。當霍加告訴我，人們相信這個詛咒的責任在於我，而不是他，我大感恐懼。蘇丹宣示自己對霍加及這個武器的信心，而且為了避免引發更多爭端，下令戰爭期間這個武器直接隸屬於他，作為他的武力裝備。九月初，一個炎熱的日子裡，我們從埃迪尼開拔。

大家都覺得，就時節來說，現在開戰已經太晚，但這件事並未受到太多討論：現在我才知道，在戰爭中，士兵害怕凶兆就跟懼怕敵人一樣，有時更甚，他們時時努力克服這樣的恐懼。第一天，我們經由繁榮的村落往北，行經的多處橋樑因承受我們的武器重量而嘎嘎作響。我們很驚訝當晚就被召至蘇丹的王帳。與他的士兵一樣，蘇丹突然變得孩子氣。他有一種男孩般的熱切態度，以及開始一項新遊戲的興奮。他和手下士兵一樣，詢問霍加對各種徵兆的解釋：日落前的彤雲、低飛的獵鷹、村中房舍的破敗煙囪，以及南進的鶴群，這些代表什麼意思？霍加當然全部往好的方向解析。

但是，我們的工作顯然還沒有結束。我們兩人都剛發現，旅程中蘇丹特別喜歡在晚上聽怪奇的恐怖故事。從我們一本書熱情洋溢的詩句中，霍加回憶起一些陰鬱的想像——充滿屍體、流血戰役、挫敗、通敵與苦難等邪惡意象——那是我們多年前送給蘇丹的書，也是我最喜歡的一本。不過，他把蘇丹瞪大的雙眼引向場景中閃爍勝利火焰的角落：我們必須以自己智慧的風箱煽大這把火，「他們的和我們的」，並且了解我們內心的祕密真理，以及霍加對我說了多年而我現在想忘懷的所有其他事物——我們必須盡快從昏昏欲睡的狀態奮起！我開始厭倦這些痛苦的故事，但是霍加每晚都加深一點其中的陰鬱、醜陋與狠毒。或許這是因為他認為，甚至蘇丹現在也聽夠了這些故事。當霍加提及我們的內心時，我再次感受到蘇丹愉悅的戰慄。

我們出發後那個星期，狩獵行程開始了。一支跟著軍隊的隊伍是特別為這個目的成立的，他們先行走在前面，搜索過場地、略過可耕地並喚醒村民後，我們和蘇丹及獵人就從軍隊疾馳出列，前往以瞪羚聞名的森林，奔上野豬出沒的山坡，或是有許多狐狸和野兔的樹林。這些有趣的小消遣持續數小時，然後我們煞有其事地以像從戰役凱旋而歸的誇耀姿態，回到隊伍，站在蘇丹身後，看著軍隊向他致敬。霍加帶著怒氣與憎惡忍受這些儀式，我卻熱愛它們。我喜歡在晚間和蘇丹談論打獵，而不是行軍、軍隊經過的村落，或是城鎮的狀況及敵人最新消息。然後，霍加會對這些他覺得愚蠢無用的閒談大感憤怒，開始說起逐夜增加激烈程度的故事及預言。就像蘇丹周遭其他人一樣，現在看到蘇丹相信這些只是用來嚇人的故事、這些關於心靈黑暗幽深處的鬼故事，連我也痛苦不已。

但是，我目睹更糟的事！我們又進行了一次狩獵，附近一個村莊已被疏散，當地人分布森林各處敲打錫壺，利用喧囂的聲音把野豬及鹿群趕至我們騎馬備武的等候地點。但是，直到中午，我們仍未見到任何動物的身影。為了紓解我們的疲勞，以及午間炎熱引起的不適，蘇丹命令霍加說一些曾讓他在夜裡顫抖的故事。我們非常緩慢地移動，耳裡傳來遠方幾乎無法聽聞的錫壺鼓譟聲浪，而在偶然發現一處基督教村落時，我們停下腳步。這時，我看見霍加與蘇丹指著村中一間空屋，並哄騙一個往門外探頭的瘦弱老人走出屋子。稍早，霍加與蘇丹一直談論「他們」，以及他們頭腦的內在。他們現在看來興味濃厚，聽見霍加經由翻譯對那名老人提出一些問題後，我走上前，卻對眼中所見的光景感到厭惡。霍加在質問那名老人，並要求他不加思索立即回答：他最大的罪過是什麼，他一生中做過最壞的事是什麼？這個村民對我們說著通譯不太容易翻譯的斯拉夫方言，他粗嘎囁嚅地指稱，自己是個無過無失的清白老人。但是，霍加以一種奇異的狂熱，堅持這名老人應該告訴我們關於自己的事。老人發現蘇丹與霍加一樣專注時，才坦承自己犯了過失：是的，他有罪，他應該與其他村民一樣離開屋子，加入兄弟姊妹追趕動物的行列，但他病了，有了身體不夠健康到讓他可以終日在森林奔跑的藉口。當他指著心臟的位置，作出請求原諒的動作時，霍加大發脾氣，高吼他問的是真正的罪，不是這個。然而，這名村民聽不懂我們的翻譯一再對他重複的這個問題，憂愁地把手放在胸口，茫然不知所言。他們把老人帶走。下一個被帶上來的人也說了同樣的事後，霍加憤怒地漲紅了臉。他告訴第二個村民關於我童年的罪行，那些我為了比兄弟姊妹更受寵愛編造的謊言，以及大學時期的輕率男女關係，彷彿在描述無名氏的罪行。他舉出各種邪惡及不道德的行為，提醒這個村民。當時我一邊聽，一邊厭惡與羞恥地想起瘟疫期間我們共度的日子。不過，現在寫這本書時，我卻帶著強烈的渴望回憶那些時光。他們最後帶來的村民是個瘸子，當他小聲坦承自己曾偷看一個在河裡洗澡的女子時，霍加稍微平靜了些。對的，沒錯，這就是他們面對自己罪行的表現，他們可以面對這些事；但是，我們現在應該了解心靈隱密處發生的事了，諸如此類。我很想相信蘇丹不為所動。

然而，他的興趣已被挑起。兩天後，在另一次獵鹿活動中，他對再度上演的同樣戲碼閉上了眼睛，或許因為禁不住霍加的堅持，又或者在那場審問中，他比我認為的享受了更多樂趣。現在，我們越過多瑙河，來到另一個基督教村落。至於霍加強要村民回答的問題，沒有太大的改變。它們讓我想起瘟疫期間那些夜晚的狂熱，當時我成功地讓他寫下自己的罪行。而剛開始，我甚至不想聽村民的回答，他們害怕這些問題及質問他們的人，那個人是得到蘇丹默默支持的匿名判官。一種奇怪的作嘔感襲上心頭。我怪罪蘇丹甚於霍加，他既非遭霍加所欺，也不是無法抗拒這種邪惡遊戲的吸引力。但是，沒多久我也被同樣的魅力攫獲，心想聽聽不會有什麼損失，便更加靠近他們。現在，這些罪行與壞事以一種優美的語言訴說，更加取悅我的耳朵，而犯行聽來大多很相似：單純的謊言，小小的欺騙，一、兩個卑鄙的把戲，一、兩件背信情事，頂多是一些微不足道的竊盜行為。

晚上霍加說，村民並未透露一切，他們沒說實話；而我之前坦誠寫下的犯行大多了：他們必定曾犯下更嚴重、更真實的罪行，使他們有別於我們。為了說服蘇丹，並獲致實話，證明什麼樣的人是「他們」，以及「我們」，必要時他會採取激烈手段。

這種令人厭惡的暴行一天天愈發充滿憎恨及愚蠢。剛開始事情比較單純，我們就像孩子般玩耍，在比賽的每一回合間開些無傷大雅的玩笑。每小時的審問像戲劇幕間的小小幽默短劇，供我們在漫長的愉快狩獵行程中稍事休息。但隨著時間推進，它們卻成為消耗我們意志、耐心與勇氣的儀式，而我們不知為何無法捨棄。我看到村民被霍加的質問和他不可思議的怒氣嚇得不知所措；如果他們確切了解霍加所問的問題，或許就會順從。牙齒掉光的疲弱老人被趕到村子廣場；結結巴巴道出不管真實還是想像的自身罪行前，他們會用無助的眼神乞求周圍的人及我們的幫助。年輕人被毆打，當他們沒有說出令人滿意的告白及罪行時，先被打倒在地，然後又被迫起身。這個情景讓我想起，霍加看完我趴在桌上寫的文字後是怎麼說的。「你這惡棍！」然後他會在我背部來上一拳，一邊喃喃自語，而且非常煩惱，因為他不懂我怎麼會這個樣子。儘管不是非常明確，但他現在比較清楚自己找尋的是什麼，以及想要得到的結論又是什麼。他也會嘗試其他方法：有一半時間他打斷村人的話，堅稱對方說謊，然後我們的士兵會毆打這個冒犯的人；其他時間，他則插嘴聲稱，對方的友人反駁了這些說法。有一段時間，他嘗試要村民兩人一組上前。發現村民遭受我們手下意圖堅定的暴力行為後，仍舊說出膚淺的告白供詞，並在另一個人面前感到羞愧，他一陣狂怒。

持續下著的猛烈雨勢開始時，我也幾乎習慣發生的這些事。我記得那些說得非常少，也不太有意願說得太多的村民，平白挨打，被迫站在村莊的泥濘廣場一小時又一小時地等待，淋得全身溼透。日子一久，打獵的吸引力開始減退，我們的行程也縮短。我們偶爾獵殺眼神哀傷的瞪羚或肥胖的野豬，令蘇丹感到悲痛，但現在我們專注的不是打獵的細節，而是為了準備打獵事先安排的審問能夠順利進行。彷彿是對一整天的行事有罪惡感，晚上霍加會對我傾訴他的感覺。他也對發生的事、那些暴行，感到困擾，但他想證明某件事，某件讓大家都受惠的事：他也想向蘇丹證明這件事；此外，這些村民為何隱瞞事實？後來他說，我們應該在穆斯林村落進行同樣的實驗，作為比較。但是，這樣的舉動並未產生他希望的結果：雖然他以不太帶有壓迫意味的方式詢問，但是他們說的告白及故事卻或多或少與基督教鄰人相同。在一個雨勢未歇的悲慘日子，霍加喃喃抱怨了一些暗指這些人不是真正穆斯林的話。而晚上討論白天這些活動時，我發現他體認到蘇丹同樣注意到這個真相。

這項發現不只增添他的怒氣，同時迫使他訴諸更激烈的手段，讓蘇丹難以忍受親眼目睹。不過，或許蘇丹和我一樣，是以病態的好奇心觀察這件事。隨著軍隊北移，我們再次來到一個森林密布的地區，村民說著斯拉夫方言。在一個古雅的小村莊，我們看到霍加親自痛打一個只記得兒時說過謊言的俊俏少年。到了晚上，霍加深受連我都覺得有點過分的罪惡感困擾，發誓不會再這麼做。另外有一次，天空下著微黃的雨，我覺得自己好像看見遠處有村莊的婦女為村裡的男人承受的一切哭泣。即使我們已非常熟習這項任務的士兵，也受夠了這些事。有時，在我們還沒有擇定人選之前，他們便會挑出下一個告白的人，把他帶上前來，而我們的翻譯會代替因憤怒而疲憊不堪的霍加，自行詢問第一個問題。我們不是沒遇過有趣的受害者，他們大談自己的罪行，彷彿內心深處等待這個審判日多年。據說我們的暴行已流傳一村又一村，成為一種傳說。這些人會為關於我們暴行的故事，或者一些他們無法洞悉其難解之謎的絕對正義的幻象，感到驚恐和迷惑。但是，現在霍加不再對夫妻之間的不貞行為，或是貧窮村民羨慕富有鄰人的故事感興趣。他不斷重複說還存在一種較深奧的真理，但是我覺得，他偶爾也和我們一樣，懷疑我們是否能發現這個真理。或者，至少他感受到我們對此的懷疑而爆發怒火，但我們和蘇丹都覺得他無意放棄。或許是這個緣故，我們都變成順從的旁觀者，看著他自行掌控一切。有一次，在屋簷下躲一陣驟雨時，我們看見霍加在全身滲透的情況下，仍不停審問一名少年，讓我們滿懷希望。這名少年因母親受虐待，憎惡繼父和繼兄弟。不過，後來晚上他結束這個話題，指其不過是一個平凡的少年，不值得掛心。

我們愈來愈逼近北方，蜿蜒在高山之間，穿越廣闊的黑森林，走在泥濘的道路上，行軍推進的速度非常緩慢。我喜歡滿是松樹與山毛櫸的林間透出的冷冽陰鬱氣息，霧氣平息了被激起的懷疑，一切模糊不清。雖然沒有人提到這個地方的名字，但我相信我們是在喀爾巴阡山山麓。兒時我曾在父親的歐洲地圖上看到這個地名，那張由某位平凡藝術家繪製的地圖上，還加了鹿及哥德式莊園的圖案裝飾。霍加淋雨受了風寒，身體很不舒服，但我們每天早上仍進入森林，脫離行軍行列。目前隊伍沿著一條彎曲的道路徐行，路途蜿蜒得像是要讓人永遠到不了終點。我們現在似乎已忘記狩獵探險：我們之所以留連湖畔或懸崖邊，彷彿不是要獵鹿，而是讓準備應付我們的村人等得更久一點！等認為時候到了，我們會進入一處村莊，進行過儀式之後，再隨驅策我們前往下一個村子的霍加離開。雖然一直未能發現自己追尋的珍寶，他卻極力忘記那些受其虐待及痛打的人，以及自身的絕望。有一次，他希望進行一項實驗：為了這個實驗，有著令我驚訝耐心的蘇丹示意帶上二十名禁衛軍。霍加先詢問他們同樣的問題，接著質問站在自家屋前發楞的金髮村民。還有一次，他把村人帶到行軍隊伍裡，讓他們看我們那個為了在泥濘路上努力趕上蘇丹軍隊，而發出尖銳與呻吟聲的武器。霍加問他們對這個武器的看法，並要抄寫員寫下這些回答，但是霍加的氣力已經耗盡。或許如他宣稱的，這是因為我們對真理一無所知，又或者他也為這種無意義的暴行感到恐懼，抑或由於晚間困擾他的那種罪惡感，或許因為他厭倦聽到軍隊及帕夏們對這個武器和林間插曲不以為然的抱怨，或者只是因為他病了，我不知道：他粗嘎的聲音不再像以往那麼有朝氣；詢問心知肚明的問題時，他也失去昔日的活力；晚上論及勝利、未來，以及我們必須奮起拯救自己時，他的聲音逐漸降低，彷彿不相信自己的言語。我對他最後的印象，是他不具任何信服力地質問一些迷惑的斯拉夫村民。那時又下起帶著硫磺煙霧顏色的黃雨。我們不想再聽下去，對這個情景保持距離。透過因雨勢而失去光亮的朦朧光線，我們看到那些村民輪流照著霍加交付的金框大鏡，神色茫然，而鏡面早已被雨淋溼。

我們並未再外出進行這些「狩獵」探險。我們已經渡河，來到波蘭人的土地。惡劣的雨勢使道路泥濘，讓我們的武器難以前進，它一日日變得益發沉重，在我們需要加快腳步時，阻礙了行軍的速度。這時，關於這個帕夏們早已深惡痛絕的攻城器具會為我們帶來厄運，甚至是詛咒的傳言甚囂塵上；參與霍加「實驗」的禁衛軍更是加油添醋地竊竊私語。與往常一樣，遭到指責的不是霍加，而是我這個異教徒。當霍加開始喋喋不休，添加現在連蘇丹也感到不耐的詩文，並談論這個武器的不可或缺、敵人的力量，以及我們應該如何振作並採取行動時，在王帳聆聽這些話的帕夏們更加堅信，我們是江湖郎中，我們的武器會招來厄運。他們將霍加視為病態者，雖然迷失方向，但還不到無藥可救的地步；真正危險、真正有罪的人是我。是我欺騙了霍加和蘇丹，策畫這些不祥的主意。晚間我們返回帳篷時，霍加帶著過去幾年咒罵所謂笨蛋的神情，以遭蹂躪的聲音辱罵帕夏們，但卻絲毫沒有我相信那些年裡我們一直維持下去的歡欣與希望。

不過，我發現他還沒打算放棄。兩天後，當我們的武器卡在行軍隊伍正中央的泥中無法動彈時，我不再抱持任何希望。而霍加雖有病在身，仍努力不懈。沒人撥出一兵一卒，甚至分配馬匹給我們。他直接去找蘇丹，得到近四十匹馬，打算用牠們拉出大砲，並集合了一小隊人手。在那些祈禱這個武器陷入泥中不再隨軍的目光前面，經過一整天的奮鬥之後，接近晚間時分，他猛力鞭打馬匹，終於讓我們的大蟲移動了。晚上他和帕夏們爭吵。他們想拋下我們，說這個武器耗損了戰力，同時帶來壞運道，而我察覺他不再對勝利懷抱信心。

那晚，在我們的帳篷中，當我準備彈奏設法帶到軍中的五德琴時，霍加從我手中搶走琴，丟到一旁。我是否知道他們想要我的腦袋？我知道。他說，如果他們要的是他的頭，而不是我的，他會很樂意奉上。我也知道這一點，但什麼都沒說。我想拾起五德琴，他卻阻止我，要我多跟他說說那個地方——我的祖國。我告訴他一些如對蘇丹說的小小虛構情節，他大為生氣。他要的是真相，真正的事實：他問及關於我的母親、未婚妻和兄弟姊妹的事。當我開始向他描述「事實」，他加入了談話，用從我這裡學會的義大利語，喃喃說著粗嘎的語句。那是一些短而不全的句子，我聽不太懂他說什麼。

接下來幾天，當他看見我們的先鋒部隊攻下的殘破碉堡，我感覺他心中強烈打算著一種奇怪的邪惡想法。一天早上，我們徐緩經過一處被我軍砲火洗禮的村莊時，他看到牆邊有一些受傷掙扎的垂死之人，便下馬跑向他們。我遠遠看去，原以為他想幫助他們，例如若有翻譯在旁，他會問他們傷勢如何；但後來我發現，他陷入一種我似乎可以明白從何而來的狂熱。他想問的是別的事。隔天，當我們和蘇丹一起視察被摧毀的堡壘及道路兩旁的小小瞭望台時，他又陷入同樣的興奮狀態：看到一個頭沒有完全斷掉的受傷男子，躺在被砲火夷平的建築物與滿是彈孔的木製防禦工事中時，他跑到對方身邊。我跟著他一塊兒跑過去，免得他做出一些令人不快的事，擔心別人以為是我唆使他做的，也可能我純粹只是出於好奇心。他彷彿相信這些身體遭砲彈和砲火撕裂的傷者，在掛上死亡面具之前，可以告訴他一些事。霍加打算進行審問，這樣他們可能透露一些消息，他認為他將從他們身上學到立即改變一切的深奧真理。但我看到，他馬上便發現這些瀕死之人臉上呈現的絕望神色，和他自己的絕望非常相似。走近他們之後，他什麼話也說不出來。

那天傍晚，得知蘇丹為盡了全部力量仍無法攻下多皮歐堡大發雷霆，霍加又以同樣的興奮心情面聖。從蘇丹那裡回來時，他有所疑懼，但似乎不明白原因。他已經告訴蘇丹，希望自己的武器能上戰場，為這個機械費盡多年心血，就是為了這一天。出乎我意料地，蘇丹同意時機已到，但認為必須給他稍早授權攻打該堡的金髮者胡珊帕夏更多時間。蘇丹為什麼這麼說？這是多年來，我始終無法確定霍加是在問我、抑或問他自己的問題之一。不知為何，我不再覺得與他親近，我憂慮的事已經夠多了。霍加自己回答了這個問題：這是因為他們害怕他會搶走勝利的光采。

直到隔天下午，我們聽聞金髮者胡珊帕夏仍無法攻陷該堡之前，霍加將所有精力用在努力說服自己他沒有錯。自從有謠言指稱我受到詛咒，而且是個間諜後，我就不再前往王帳。那天晚上，前往王帳解析當天發生的事件時，霍加努力編造出勝利與好運的說法，而蘇丹似乎也相信了。回到我們的帳篷後，霍加擺出一副深信終究會打斷撒旦雙腿的樂觀態度。聆聽這些話時，讓我印象深刻的不是他的樂觀，而是顯然想保持樂觀的極致努力。

他老調重彈，描述著我們和他們，以及即將到來的勝利。但是，他的聲音裡有一種我從未聽過的悲傷，有如哀思曲般為這些故事伴奏。他彷佛正述說著一段因我們曾共同分享人生，而兩人都非常熟悉的兒時回憶。我拿起五德琴，笨拙地撥弄琴弦時，他沒有阻擋我：他正談論著未來，談論當我們如願改變情勢後將享有的美妙生活。但是，我們兩人都知道，他談論的是過去：我的眼前出現平靜的景象，屋後有個隱密的靜謐庭院，園裡種著雅致的樹木，透出光亮的溫暖房間，一個圍著晚餐桌的快樂家庭。多年來，他第一次讓我有平和的感覺。我了解當他說要離去很難，以及他愛這裡的人時的感受。接著，思及這些人一會兒後，他想起了那些笨蛋，又大發雷霆，我覺得他確實有正當的理由。他的樂觀似乎不僅是裝腔作勢：或許因為我們都有這種新生活即將展開的感覺，又或許我認為如果我是他，也會有同樣的舉動。我不知道。

隔天上午，正當我們啟動武器，攻擊接近前線的一座敵軍小碉堡進行測試時，我們有著一樣奇異的預感，認為它不會真的成功。這個武器與役的第一次突擊行動中，蘇丹提供的近百名支援人手潰不成軍，四處逃散。有些人被武器本身壓得粉身碎骨，有些人則經過一些無效的射擊後，在毫無掩護的情況下，被這個像深陷泥沼的驢子的武器擊中。多數人因恐懼厄運逃逸，我們無法重新整隊準備另一次攻擊。我們兩人原本必定想著同樣的事。

後來，肥胖者哈珊帕夏和其部隊用不到一小時的時間，幾乎不費一兵一卒便攻占了這座碉堡。霍加懷著一種期望（我想這一次我也非常了解那是什麼樣的期望），想再次測試那個深奧的科學研究，但這座碉堡所有異教士兵都傷亡在劍下；燒毀的防禦工事中，找不到任何一息尚存的人。當他看見堆積一旁、準備獻給蘇丹的頭顱時，我馬上明白他在想什麼，甚至可以解釋他的迷戀。但我無法再忍受看到那個思緒走得如此極端，於是我轉身背對他。沒多久，在好奇心的驅使下，我再次轉過頭去，發現他正自那些成堆的頭顱旁邊離開。我永遠無法得知他曾有過多麼極端的行為。

我們在正午時分返回軍隊，聽到多皮歐堡仍未攻下。蘇丹顯然大發雷霆，說要處分金髮者胡珊帕夏：而我們所有人，整支軍隊，都要參與這次圍城！蘇丹告訴霍加，如果到晚上還無法攻占該堡，我們的武器就要在上午的攻擊行動中上場。接著，蘇丹下令把一名無能的指揮官斬首，因為他一整天甚至連個小碉堡都無法攻下。蘇丹完全不在乎我們的武器在那座碉堡的失敗行動，這個失利消息此時已傳遍軍隊，他也不在意因此帶來厄運的流言。霍加不再談論搶走勝利光采的話題，而雖然他沒說，但我知道他在想前任皇室星相家之死。當我出神想著童年情景，或者我們莊園上的動物時，我知道他心中也浮現同樣的事。我知道他也在想，攻陷這座城堡的勝利消息是我們最後的機會，以及他不是真的對這個機會懷有信心，不是真的想要這個機會。我知道對那座未能攻掠的城堡發動猛烈攻擊時，有一處村莊被摧毀，而在該地一間鐘樓失火的小教堂裡，一位勇敢的神父吟誦的禱詞正召喚我們邁向新生活。隨著行動北移，太陽落在森林小丘後方，讓他有了覺醒。這個情景在我身上也產生同樣的影響，那是一種某件事有待靜靜小心完成的圓滿感覺。

太陽西沉後，我們得知不僅金髮者胡珊帕夏已告失敗，而且奧地利人、匈牙利人及哈薩克人，都在多皮歐之役中與波蘭人並肩作戰。我們終於看見那座城堡。它位在一處高丘的頂端，旗幟飄揚的塔樓染上一層幽微的落日紅暉。堡身是白色的，純白美麗。不知為什麼，我覺得只有在夢中才能見到如此美麗而難以得到的東西。在那樣的夢中，你會走下一條濃密森林間的蜿蜒道路，努力攫取山丘頂上的燦爛時光，以及那座象牙色的建築物。如同那裡舉辦了一場你盼望出席的盛大舞會，這是追求幸福的機會，你不想錯失。但是，雖然期待著隨時可能來到蜿蜒道路的盡頭，它卻終無止境。我聽到氾濫的河水在濃密森林與山麓間的低地形成一處惡臭的沼澤，步兵雖然得以越過，在砲火掩護下費盡全力卻仍無法登上山坡，我便想到那條將我們引領至此的道路。彷彿一切與鳥兒飛過那座純白城堡高塔的景色一樣完美精確，也與山坡邊的暗黑岩崖及寂靜的黑森林一樣完美準確。我現在終於了解：多年來視為巧合的事，其實是不可避免的。我們的士兵永遠無法抵達這座城堡的白塔，而霍加也想著同樣的事。我再清楚不過，若上午加入圍城行列，我們的武器會陷入沼澤，武器裡及附近的人都將赴死。結果就是——人們要求將我砍頭，以平息詛咒傳言、恐懼及士兵怨言的聲浪四起，而我明白霍加非常清楚這點。記得多年前，為了刺激他多談論自己，我是如何提及一位讓我養成習慣在同一時間與他思考同一件事的兒時友人。我毫不懷疑，他現在也想著同一件事。

當天深夜，他前往王帳，似乎不會再回來。既然我可以輕易猜出，在要求他為帕夏們解析當天事件及未來發展的蘇丹面對，他打算說些什麼，過了一會兒，我便深思起他被就地處死，而劊子手旋即過來找我的可能性。後來，我想像他已離開王帳，未停下腳步知會我，逕自前往在黑暗中閃現微光的城堡白塔。他擺脫守衛、渡過沼澤、穿越森林，到達那裡。當他回來時，我正等待黎明的來臨，不怎麼熱中地想著我的新生活。直到多年以後，與當時在王帳中的人談了許久，我才知道那時霍加的確說了我猜想他會說的話。當時，他沒有向我說明任何事，舉止匆忙得像準備啟程的人。他說：外頭有濃霧。我明白了。

直到天明，我都和他談著從前在祖國的事，告訴他我家在哪裡，談到我的父母和兄弟姊妹，以及我們在恩波里與佛羅倫斯的地位。我提到一些特別的小細節，他能藉此分辨每一個人。談著這些的時候，我想起自己早已跟他說過這一切，包括小弟背上的大胎記。對我來說，偶爾，當我取悅蘇丹，或是像現在這樣寫這本書時，這些情節似乎只是我幻想出來的結果，而非事實。但後來我自己也相信了這一切：我姊姊真的會口吃，那就跟我們的衣服上有那麼多鈕釦，以及我從眺望屋後庭院窗子看到的一切一樣真實。接近清晨時，我開始認為自己被這些故事說服。因為我相信即使過了很久，它們還是會繼續下去，也許就從停止的地方開始。我知道霍加在想同樣的事，愉快地相信自己的故事。

我們不慌不忙，不發一語地換穿了衣物。我給了他戒指，以及多年來一直設法不讓他拿到的徽章，裡面有我曾祖母的照片，還有一綹已變白的未婚妻髮絲。我相信他很喜歡這個徽章，他把它掛在脖子上。然後，他走出帳篷離去。我看著他慢慢消失在寂靜的霧裡。天色逐漸轉白。我筋疲力竭地躺在他的床上，安詳入夢。

11

現在，我來到這本書的尾聲。或許，認定我的故事其實早就結束的精明讀者，已經將書拋在一旁。曾有一段時間，我也有同樣的想法。許多年前，我把這些書頁塞進抽屜，打算不再重新閱讀。那些日子裡，我想將心力放在自己創作的其他故事，並且不是為了蘇丹，而是自己的興趣。我希望寫一些冒險故事，場景發生在我未曾去過的土地、荒涼的廢墟與天寒地凍的林地，加上一位像狼一樣在這些地方漫遊的狡詐商人。我想忘記這本書、這個故事。雖然我知道，經過聽聞與經歷的一切，這並不是一件容易的事，但若不是兩週前那名訪客來訪，力勸我讓此書重見天日，我可能已經成功將這本書遺忘。今天，我終於知道，這是自己所有的書中，我最喜愛的一本。我會完成這本書，遵照它應該有的終局，以及我一直渴望並夢想去做的方式。

我坐在那張舊桌子前，完成我的書。從那裡，我可以看見海面上一艘自占尼西瑟航向伊斯坦堡的小帆船、遠方橄欖園中一處轉動的磨坊、庭園深處的無花果樹下互相推擠嬉戲的孩子，還有那條自伊斯坦堡通往蓋布澤的沙塵道路。冬天風雪時節，很少人經過這條路。春天與夏天時，我可以看見前往東方、安那托利亞，甚至到巴格達和大馬士革的商隊。我經常看到龜速前進的疲累牛車，有時遠遠瞧見穿著看不出樣式的衣物的駕乘者，會引起我一陣興奮，但每當旅人走近，我就知道他不是來找我。在那些日子，沒有人來；而現在，我知道也不會有人來。

但是，我沒有怨言，而且不孤單。擔任皇室星相家那些年，我存下一大筆錢，結了婚，有四個孩子。或許是得自執行職務的洞察力，我預見麻煩即將來臨，及時放棄職位。在蘇丹的軍隊開赴維也納之前、在阿諛奉承的小丑及接替我的皇室星相家因狂敗被斬首之前、早在我們那位熱愛動物的蘇丹遭到廢黜之前，我就逃到這裡，來到蓋布澤。我建了這棟別墅，然後和摯愛的書籍、孩子及一些僕人移居此地。我是在擔任皇室星相家期間結婚的，妻子比我年少許多，是優秀的主婦，為我掌管家務及一些小事。她讓年近七十的我整天獨自留在這個房間書寫與夢想。因此，為了替我的故事與人生找尋一個適當的結局，我心滿意足地想到了他。

然而，剛開始的幾年，我卻努力不要想到他。有一、兩次，蘇丹想談論他，卻發現這個話題根本不吸引我。我相信他滿意就這樣維持現狀。他只是好奇；但我永遠無法得知他特別好奇的是什麼，以及有多麼好奇。剛開始，他說我不該因為曾受他的影響，曾受教於他，而感到羞恥。他一開始就知道，那些年間我呈上的所有書籍、時間表及預言，都是出自他的手筆，而且甚至當我留在家中奮力設計我們那個後來卡在沼澤的武器時，他也曾這麼告訴他。他知道他已經告訴我這件事，如同我也習慣告訴他一切。或許當時，我們兩人都還沒有失去牽絆，但我了解蘇丹比我更實際。那些日子裡，我認為蘇丹比我聰明。他知道一切該知道的事，而且在玩弄我，讓我更加逃不出他的手掌心。或許，由於他讓我從那個沼澤種下的挫敗，以及士兵因詛咒流言所爆發的怒氣中，全身而退，使我對他心存感激，這一點影響了我。當時，他們發現那個異教徒逃跑後，有些士兵想砍掉我的腦袋。如果剛開始那幾年，蘇丹曾直言不諱地問我，我相信自己會把一切告訴他。因為那些日子裡，還沒有流言指稱我不是原來的那個我，而我想和別人談談發生的事，我想念他。

獨居在那棟我們共處多年的屋子，讓我更加膽怯。我的荷包滿滿，雙腳很快就認出前往奴隸市場的道路。我來來回回去了好幾個月，直至找到我想要的。最後，我買了不是真的很像我或他的可憐傢伙，並帶他回家。那天晚上，當我告訴他，要他教我一切他知道的事，告訴我關於他的國家、他的過去，甚至承認他曾犯下的罪行，把他帶到鏡子前時，他被我嚇壞了。那是個可怕的夜晚，我同情這個可憐人。我原本打算早上放他自由，但我的吝嗇卻凌駕其上，於是又把他帶回奴隸市場賣掉。當我決定結婚，並將這個消息公諸街坊後，他們欣然來訪，認為終於可以讓我成為他們的一分子，街坊安寧的日子就要來到。我也甘於像他們一樣，我很樂觀，認為流言已然平息。我可以年復一年為我的蘇丹創造故事，平靜地生活。我慎重選擇妻子；她甚至會在晚上為我彈奏五德琴。

流言再起時，剛開始我以為這必定是蘇丹的另一個遊戲。因為我相信，藉由觀察我的憂慮，以及詢問讓我不安的問題，他獲得不少樂趣。起初，當他突然問我這樣的問題，我並不是很警覺：「我們了解自己嗎？一個人必須了解自己是誰。」我以為他是從對希臘哲學感興趣卻又不懂裝懂的諂媚人士身上，得知這種令人不安的問題，那時他又開始在身邊召集這些阿諛之輩。當他要我為這個主題寫些東西時，我交給他一本我撰寫的關於瞪羚與麻雀的新書，內容是牠們從不自我反省，對自身也一無所知，所以能夠心滿意足。發現他認真看待這本書，並且愉快地閱讀時，我鬆了一口氣，但閒話開始傳進我的耳裡：傳言說我把蘇丹當成笨蛋，我甚至不像我接替其位的那個人，他比較瘦，也較纖弱，而我變胖了；他們知道當我說我無法了解他所知道的一切，是在說謊；有朝一日一旦戰事上演，我也會像他一樣帶來厄運並逃亡，我會向敵軍出賣國家機密，引來戰敗等等。為了保護自己不受這些我相信是由蘇丹起頭的流言傷害，我退出宴會和節慶，不再頻繁公開露面，減輕體重，小心探詢在那最後一晚，王帳裡有過什麼樣的討論。妻子又生了一個孩子，我的收入不錯，我想忘記這些流言，忘記他，忘記過去，平靜地繼續自己的工作。

我幾乎再堅持了七年。如果我的膽量大一點，或更重要的是，如果沒有察覺到蘇丹身邊將有另一波整肅異己的行動，我可能會持續到最後；我會通過蘇丹為我敞開的大門，讓我希望忘懷的前半生隨風而逝。最初，有關我身分的問題讓我充滿警戒，但現在我已經可以厚著臉皮回答：「一個人是誰有什麼重要？」我會這樣說道。「重要的是，我們做過與將要做的事。」我相信，蘇丹是經由這種家常便飯的話題進入我的心靈！當他要我告訴他關於義大利，這個他逃往的國家的事，而我回答對此所知不多時，他大發雷霆：他知道他已告訴我一切，我為什麼要害怕，我應該記得他曾說過什麼，而這樣就夠了。因此，我再次向蘇丹仔細描述他的童年與他的美好回憶，其中一些我已寫入這本書中。剛開始，聽起來我的膽量還不錯，蘇丹如我所願地傾聽——彷彿在聽某人說著從別人身上聽來的事；後來幾年他卻大不相同，聽我說話的樣子開始變了，彷彿正在說話的人是他。他會問我一些只有他才可能知道的細節，告訴我不要害怕，要我說出浮現腦海的第一個答案：造成他姊姊口吃的突發事件是什麼？帕度亞大學為什麼沒有讓他入學？當他在威尼斯首次觀看煙火表演時，他哥哥穿什麼顏色的衣服？當我如親身經驗般告訴蘇丹這些細節時，我們會外出在水上徜徉一日，或是於滿是青蛙與荷花的池邊休息，觀察銀籠裡不知羞恥的猴子，漫步在其中一處他們曾一道走過、充滿共同回憶的庭園。我的故事，以及如園裡綻放的花朵般變幻閃現的我們的回憶片段，讓蘇丹龍心大悅，覺得與我更親密。然後，彷彿回想一個背叛我們的老朋友，我們談起他的事：他說，他跑了也好，因為雖然覺得他是個有意思的人，但是，他的無禮行為常讓他失去耐心，想要殺了他。他透露一些令我吃驚的事，因為我分不太出來他到底在說我們哪一個，不過，他是以一種親暱而非激烈的語氣這樣說：有一段時間，因為無法忍受他的自我愚昧，他害怕自己會在盛怒中殺了他——最後那個晚上，他已到了要叫劊子手前來的地步！後來，他說，我並不鹵莽；我沒有將自己視為世界上最聰明、最能幹的人；我並未擅自以對自己有利的方向，解析瘟疫的恐怖；我沒有拿年幼國王被釘在火刑柱上這樣的故事，讓大家晚上睡不著覺；而且，現在聽過蘇丹的夢境後，回家我也沒有可供描述並嘲弄這些夢境的對象，沒有人和我一起編寫讓蘇丹偏離正道的愚蠢有趣小說！一邊聽著這些，我一邊覺得從夢境外面看到了自己，看到了我們兩人，我知道我們已失去牽絆。但最後幾個月，蘇丹彷彿要把我搞瘋似地，行事更加極端：我不像他，我沒有把心力放在區別「他們」與「我們」的詭辯家，這卻是他做的事！早在蘇丹八歲，還沒見過我們，從對岸觀看煙火時，我自己的「惡魔」就為了他，替漆黑夜空中的另一個惡魔帶來勝利，而現在則和他一起到了那塊據信能找到和平的土地！後來，在幾乎千篇一律的庭園散步中，蘇丹會饒富意味地問道：是否要成為蘇丹，才能了解世界各地七大洲的人都彼此相像？我心懷恐懼，未置一詞。而他彷彿要瓦解我最後一絲的抵抗努力，再次問道：各地的人都一模一樣，他們可以取代彼此的位置，這不是最好的證據嗎？

我希望終有一天，蘇丹和我成功忘懷他，也為預防萬一開始存更多錢，所以耐心忍受這些折磨。同時，我逐漸習慣伴隨曖昧不清而來的恐懼。他無情地打開又關上我的心靈之窗，彷彿在一處我們迷失方向的森林，騎著馬到處追趕兔子。而且，現在他還公然在每個人面前這麼做，身邊再度聚集了一群阿諛奉承之士。我感到害怕，覺得將再出現肅清異己的行動，我們的財產會全部被沒收，而且我察覺麻煩即將到來。蘇丹又要我說說威尼斯的橋樑、他童年吃早餐時的桌布花邊，以及他因拒絕改信伊斯蘭教即將被砍頭前心中想起的那個房舍後園窗景——就在蘇丹命令我把這些故事寫成一本書，好像那是我的親身經歷時，我決定盡快逃離伊斯坦堡。

我搬到蓋布澤的另一棟房子，以便忘記他。剛開始，我擔心皇家衛兵會來抓我回去，但沒有人來找我，定期收入也不受影響；不是我被遺忘，就是蘇丹正悄悄監視著我。我不再想這件事，開始自己的工作。我蓋了這棟房子，並依內心的衝動，設計我想要的後園景觀。我看書打發時間，寫故事自娛，同時為得知我作過星相家而前來諮詢的訪客提供意見。我這麼做是為了樂趣，而不是金錢。我或許是從他們身上，獲知許多自己從小居住國家的事：我會先要來訪的跛子、因喪子或兄弟而迷惑的人、久病纏身者、女兒遲遲不嫁的父親、一直未能長高的人、嫉妒的丈夫、瞎子、水手及有著狂野眼神的絕望愛人，仔細道出他們的人生故事，才同意為他們算命。然後到了晚上，我把聽到的一切寫在記事本上，作為日後寫作的材料，就像我為這本書做的事。

也是在這些日子裡，我認識了那個將深切的哀思帶進我屋子裡的老人。他年長我十歲至十五歲。一見到這個叫作伊夫利亞的人臉上流露的哀傷，我便斷定他的苦惱就是寂寞，但是他沒有提這點。他似乎將整個人生都用在流浪，以及他即將完成的十冊旅遊書籍。死去之前，他打算前往最接近真主的地方。他要去麥加和麥地那，並且寫下關於這兩個地方的事。但是，他對自己的著作有所缺漏困擾不已。他想讓讀者知道義大利的噴泉及橋樑，這些事物的美麗他耳聞多時。伊斯坦堡中關於我的傳聞使他決定來拜訪我，心想我是否可以告訴他這些事物的事？當我說自己從未去過義大利，他表示他和其他人一樣明白這點，不過聽說我曾有一名來自那裡的奴隸，他對我描述過一切。如果我也能將這些事告訴伊夫利亞，他會對我說一些好笑的奇聞軼事作為回報：創造與聆聽有趣的故事，難道不是人生最愉快的一部分嗎？當他羞怯地從箱子裡拿出我見過最糟的義大利地圖後，我決定說出他想要知道的事。

他伸出孩子般的胖手，開始指出地圖上的城市，一個音節一個音節唸出名字，仔細寫下我對它們的描述。而且，他還希望提到每個城市時都能聽取一個奇特的故事。如此在十三個城市度過十三個夜晚後，我們從北到南完整瀏覽了這個我人生中第一個見到的土地，然後從西西里搭船回到伊斯坦堡。我們由此度過整個上午的時光。他很滿意我告訴他的內容，決定回報我同樣的喜悅。他告訴我消失在亞克[22]空中的高空鋼索藝人、產下大象的康亞婦女、尼羅河畔的藍翼牛、粉紅貓、維也納的鐘樓，並微笑露出他在那裡做的前齒假牙，還有亞速海海灘的留聲洞、美洲的紅螞蟻。不知為何，這些故事激起了一種奇怪的憂傷，讓我泫然欲泣。落日的紅暉映滿我的房間。當伊夫利亞問我是否知道一些像這樣的驚人故事時，我想自己可真會讓他大吃一驚。我邀請他和僕人當晚留宿，說我有一個會令他高興的故事——一個關於兩名男子交換人生的故事。

那天晚上，其他人回房休息，我們等待的寂靜降臨這間屋子之後，我倆再次回到那個房間。那是我第一次想像出這個你們即將看完的故事的地方！我所說的故事不像虛構，而如真的發生過，彷彿有人在我耳邊娓娓道出這些文字，一句句幽緩地依序說出：「土耳其艦隊現身時，我們正從威尼斯航向那不勒斯……」

說完我的故事時，已過了子夜許久，一種漫漫的沉默浮現。我感覺到我們都在想他，但是伊夫利亞心裡的他，卻和我心中的完全不同。我敢肯定，他其實是在想自己的人生！而我，則在思索我的人生，還有他，以及我是多麼喜愛自己創造的這個故事。我非常驕傲自己生活與夢想的一切：我們所在的房間洋溢兩人曾經希望擁有，以及成為事實的所有悲傷回憶。這時我第一次清楚體會到，我再也無法忘記他，而這將讓我的餘生抑鬱寡歡。此時我也知道，自己無法再獨活。在萬籟俱寂的深夜，彷彿一個誘人幽靈的身影連同我的故事降臨這個房間，激起我們的好奇心，也讓我們兩人保持警惕。黎明將近時，我的客人說他喜歡我的故事，讓我很高興，但他也說對有些細節不以為然。我或許是想掙脫這種對自己孿生兄弟的沮喪回憶，盡快回到我的新人生，於是全神貫注地聽他說話。

22 譯注：亞克（Acre），以色列西北部港市，十字軍東征時的戰場。

他同意就像我的故事一樣，我們應該追求奇特與驚異。是的，或許這是我們的一項利器，可以用來對抗這世界令人疲憊的煩悶。由於從千篇一律的童年及求學時代開始，他就知道這一點，所以這一生從未想過退縮到屏障內。這便是他一生都在旅行，無止境地一路追尋故事的原因。但是，我們應該在世界之中，尋找奇特與驚異，而不是在我們自己身上！想從內在尋求，如此深遠及努力地思考自身，只會讓我們不快樂。這正是我故事中的人物經歷的事：因為上述原因，主角永遠無法忍受作為自己，他們一直想要成為別人。讓我們假設我的故事內容都是真的。我是否相信這兩名交換身分的男子，在他們的新生活中能夠快樂？我沉默不語。後來，不知為什麼，他讓我想起我故事中的一個細節：我們不能讓自己被一名獨臂西班牙奴隸的希望導入歧途！果真如此，藉著寫下那類故事，藉由從自身尋求這種奇特，我們也能逐漸成為他人，我們的讀者也會——但願不會如此。他甚至不願去想，如果人們一直談論他們自己、他們的特質，如果他們的書和故事老是關於這樣的事，這個世界有多可怕。

但是我想這麼做！所以當第一天起我就喜歡上他的這個矮小老頭，破曉時集合隨從準備前往麥加，並踏上旅程後，我立刻坐下來，寫出我的故事。在這個即將到來的可怕世界，為了我的讀者，我盡可能讓自己，以及我無法與自身分離的他，在這個故事中栩栩如生。但是，最近我重新審視十六年前丟置一旁的東西，覺得自己在這點上的成果不是非常好。因此，我向那些不喜歡這本書——因為一個人談論他自己，尤其他又陷入如此混亂的情緒中——的讀者致歉，並增加下列篇幅：

我愛他，我愛他的方式，就如愛夢中所見悲慘幽魂般無助的自己，彷彿嗐滿那幽魂的羞恥、怒氣、罪孽與憂傷，也彷彿看到野生動物痛苦垂死而深陷羞愧，或是為自己被寵壞的孩子如此自私大怒。或許最重要的是，我是以因為了解自己而來的愚蠢厭惡和愚蠢欣喜來愛他；我對他的愛，就像逐漸習慣自己雙手和雙臂那種昆蟲般無益的動作，就像了解每天回響在我的心靈之牆，然後消逝的思想，以及就像認得從自己不幸身體、稀疏頭髮、醜陋嘴巴、握筆紅手所傳來獨特汗臭味的方式。正因為這樣，它們始終無法矇騙我。完成我的書之後，我也忘記他，並把書抛在一旁。我從未受任何流言所欺，對於那些曾聽聞我們的名聲，想利用這一點的人所玩的把戲也一樣——我一點也沒有被這些欺騙！他們說——開羅一位帕夏把他納入帳下，他現在正在設計新武器！那場失敗的圍城戰役中，他曾在維也納的城牆內，提供敵軍徹底擊潰我們的建言！曾有人看到他喬裝乞丐，出現在埃迪尼，並於一場他煽動的商人爭吵中，割傷一名絎縫工後失去蹤影！他成為遙遠安納托利亞村落一個鄰區清真寺的伊瑪目，設立了一間計時室——述說這件事的人發誓所言不虛。而且他開始為一座鐘樓募集資金！他在瘟疫後前往西班牙，並在那裡寫書致富！他們甚至說是他密謀讓我們可憐的蘇丹遭黜！他住在斯拉夫村落，以傳奇癲癇神父的身分受到偉大崇敬，並且根據他終於得以聽聞的真實告白，撰寫充滿絕望的書籍！他在安納托利亞流浪，說他打倒那些蘇丹的笨蛋，領導一個用他的預言及詩文蠱惑而來的團體，並召喚我加入他。這十六年間，當我書寫故事來忘記他，來讓自己不要理會那些可怕的人及他們可怕的未來世界，體驗我的想像力帶來的全然喜悅時，聽說了這些傳言的各種說法，但我完全不相信。

我不知道，我在想，這是否發生在其他人身上？有時當我們覺得被禁錮在金角灣遙遠地區的屋子裡，有時等待似乎永遠不會到來的官邸或皇宮邀約，品味我們對彼此的憎惡，或是為蘇丹寫著另一篇論文的當兒相視而笑，在這些日常生活的小事上，在同樣的時刻，我們會專注於一個小小的細節。那是關於在上午的雨中，兩人一起看到的落湯狗；晾在兩棵樹間一排衣物的彩色與形狀中隱含的幾何學；脫口而出的言語突然帶來生命的和諧！這些是我最想念的時刻！因此，我回到這本有著自己身影的書，想像一些好奇的人多年後會閱讀此書，或許是他死後數百年，並且刻畫自己而非我們的人生。我真的不是很在乎是否有人看這本書，我隱藏了他的名字，即便不是非常徹底，也隱埋其中。因此，我可能再度夢到瘟疫期間那些夜晚，在埃迪尼的童年，在蘇丹的庭園度過的愉快時光，第一次在帕夏宅邸看到沒有蓄鬍的他，以及脊柱冒上的一股寒意。若想找到我們失去的人生和夢想，大家都明白再次夢想這些事物的必要：我相信我的故事！

描述我決定完成這本書那天的事之後，我將結束這本書：兩星期前，當我再次坐在我們的桌子旁，試著構想一個不同的故事時，看到一名駕乘者從伊斯坦堡方向的道路過來。最近都沒有人替我帶來他的消息，或許因為我對訪客十分粗魯，幾乎無法想像他們會再度前來。但一看到這位訪客身著披風、手持陽傘，我馬上明白他是要來見我。他還沒進到屋子裡，我就聽見他的聲音。他說的土耳其語有著與他一樣的錯誤，只是不像他那麼多。不過，進屋之後，他馬上換成義大利語。看到我不快的表情且未作回應後，他用蹩腳的土耳其語說，他以為我至少聽得懂一些義大利語。隨後，他說明是從他那裡得知我的名字及我是怎樣的人。回國後，他寫了一堆書，描述他在土耳其人之間一些令人難以置信的冒險，以及那位熱愛動物與夢境的蘇丹，還有那場瘟疫和土耳其人民、我們在宮廷及戰爭中的風俗習慣。由於貴族，特別是家世良好的仕女之間，剛開始流傳對東方異國情調的好奇心，他的文章大受歡迎。他的著作擁有許多讀者，同時在各大學開設講座，逐漸致富。此外，他文章中的浪漫擄獲昔日的未婚妻，讓她完全不顧自己新寡及年齡問題，和他結婚。他們買回衰敗售出的家族舊宅，定居在那裡，將房子和庭院整修成原來的景象。我的訪客知道這一切，是因為曾讚賞他的著作而造訪他家。他非常客氣，給了訪客一整天的時間，回答他的問題，並再次描述他在自己書中所寫的冒險故事。就在那時，他細細地談到了我：他曾在一本名為《我的一名土耳其熟人》的書中寫到我的事。受到他個人對土耳其人特質的聰明詮釋鼓舞，他準備把我一生的故事呈現給他的義大利讀者，從我在埃迪尼的童年開始，到他離開我的那一天。「你對他說了這麼多關於自己的事！」我的訪客說道。接著，為了讓我更加好奇，他回憶了書中一些細節（他看過那本書少許部分）：無情地痛打附近街坊一位兒時友人後，我感到羞愧並悔恨流淚；我很聰明，六個月內就全盤了解他教我的天文學；我非常愛我的妹妹；我篤信我的宗教；我循規定期禮拜；我很喜歡櫻桃蜜餞；我對繼父的職業——縫被工作特別感興趣；就像所有土耳其人一樣，我也熱愛人們，諸此之類等等。在他對我表現出這麼多興趣後，我知道不能冷淡對待這個笨蛋，像他這樣的旅人必定充滿好奇，於是我帶他逐個房間參觀我的屋子。後來，他對我兒子和朋友在庭院玩的遊戲深深著迷，要他們向他解釋棒擊木片與捉迷藏的遊戲規則，並記在記事本上。雖然不太喜歡跳背遊戲，他還是寫下這個遊戲的規則。這時他說，他喜歡土耳其人。當我因為閒來無事帶他參觀我們的庭院，介紹蓋布澤這個簡陋的城鎮，以及多年前和他一起居住的屋子時，他再度這樣表示。檢視我們的食品儲藏室時，他在相當感興趣的蜜餞與醃菜瓶、橄欖油與醋罐間，看到了我的油畫肖像。那是我委託一名威尼斯畫家繪製完成的。此時，他彷彿透露什麼祕密似地說，他其實不是土耳其人真正的朋友，他直言不諱地寫出他們的事：他寫道我們現在步入衰退，形容我們的心靈如塞滿舊垃圾的髒碗櫃。他說我們無法被改善，如果要存活下去，唯一的選擇是立刻投降，而此後我們會有數百年一事無成，只能模仿我們投降的對象。

「但是，他想拯救我們。」我插嘴，希望他就此打住。他立刻回答說，沒錯，他甚至曾為我們製造一個武器，但我們不了解他；一個霧氣瀰漫的早晨，這件器械就像在暴風雨中孤立無援的海盜船可怖殘骸一樣，卡在令人作嘔的沼澤裡。接著，他又說：是的，他的確曾經非常、非常希望拯救我們。但這並非意謂著他沒有邪惡的部分。所有天才都是這樣！當他拿起我的肖像仔細檢視時，又嘟囔了一些關於天才的事：如果不是落入我們手中成為奴隸，而是在自己的國家展開人生，他甚至可能成為十七世紀的達文西。後來，他回到喜愛的邪惡話題，談論一、兩件關於他和錢財的惱人流言，這是我之前聽過就忘的事。「奇怪的是，」他隨後說道：「你根本沒有受他影響！」他說，他已開始了解並喜歡我。他表達自己的驚訝之情：他無法了解，共同生活在一起這麼多年的兩人，為何彼此這麼不像。他沒有如我擔心的那樣，詢問有關我的畫像的事。把畫放回原處之後，他問是否可以看看那些被褥。「什麼被褥？」我疑惑地問道。他顯得相當訝異：我不是靠縫製被褥打發時間嗎？這時，我決定把那本已經十六年沒碰的書拿給他看。

他變得非常激動，說自己看得懂土耳其文，對任何有關他的書，當然都很有興趣。我們回到我那間眺望庭院的工作室。他坐在我們的桌邊，而我發現我的書仍躺在十六年前被扔棄的地方，彷彿那只是昨天發生的事。我把書攤開在他面前。他看得懂土耳其文，只是速度不快。他埋首書中，希望不需離開自己清醒且安全的世界而仍能忘卻自身，這是我在所有旅人身上都曾發現的渴望，我鄙視這樣。我讓他獨處，走到外面的庭院，坐在覆有稻草墊的睡椅上。從這個位置，我可以透過打開的窗戶看見他。剛開始，他顯得很愉快，還探出窗外對我大喊：「你顯然從未去過義大利！」但他很快就忘了我的存在。等待他看完書那段時間，我在庭院裡坐了三小時，偶爾以眼角餘光向上瞥視。雖然帶著困惑的表情，但此時他已經了解。他還喊出一、兩次那座白色城堡的名字，那座在吞噬了我們武器的沼澤後方的城堡；他甚至白費力氣地試著和我說義大利語。然後，他轉頭茫然看著窗外，稍事休息，努力領略讀到的東西。我愉快地看著他先是注視空虛無垠的一點（就像這種情況下人們會做的事，注視著並不存在的焦點），但接下來，如我預期的，他的視線開始聚焦。現在他透過窗子看著景物。我聰明的讀者必定已經明白：他並不像我以為的那樣愚蠢。如同我認為他會做的一樣，他開始貪婪地翻閱我的書頁搜尋，我興奮地等待，直到他終於找到他想尋找的那一頁，並且讀著它。接著，他再度從那扇眺望屋後庭院的窗子，看著風景。我完全明白他看到的是什麼——桌上一只鑲嵌珍珠母貝的盤子中放著桃子與櫻桃，桌子後方有一張墊著稻蓆的睡椅，上面散落與綠色窗框同樣顏色的羽毛軟墊。我坐在那裡，現已年近七旬。更遠處，他看見有一隻麻雀棲息在橄欖與櫻桃林間的井邊。一只鶺鴒以長索掛在胡桃樹高枝底下，隨著幾乎無法察覺的微風輕輕擺盪。

帕慕克年表

一九七九年　第一部作品《謝福得先生父子》（*Cevdet Bey ve Ogullari*）得到Milliyet小說首獎，隨即於一九八二年出版，一九八三年再度贏得Orhan Kemal小說獎。

一九八三年　出版第二本小說《寂靜的房子》（*Sessiz Ev*），並於一九八四年得到Madarali小說獎；一九九一年，這本小說再度得到歐洲發現獎（la Découverte Européenne），同年出版法文版。

一九八五年　出版第一本歷史小說《白色城堡》（*Beyaz Kale, The White Castle*），此書讓他享譽全球。紐約時報書評稱他：「一位新星正在東方誕生——土耳其作家奧罕・帕慕克。」這本書得到一九九〇年美國外國小說獨立獎。

一九九〇年　出版《黑色之書》（*Kara Kitap, The Black Book*）為其重要里程碑，此書使他在土耳其文學圈備受爭議，卻也同時廣受一般讀者喜愛。一九九二年，他以這本小說為藍本，完成Gizli Yuz的電影劇本，並受到土耳其導演Omer Kavur的青睞，改拍為電影。

一九九七年　《新人生》（*Yeni Hayat, The New Life*）的出版，在土耳其造成轟動，成為土耳其歷史上銷售速度最快的書籍。

一九九八年　《我的名字叫紅》（*Benim Adim Kirmizi, My Name Is Red*）出版，奠定他在國際文壇上的文學地位，並獲得二〇〇三年國際IMPAC都柏林文學獎（獎金高達十萬歐元，是全世界獎金最高的文學獎）。

二〇〇四年　出版《雪》（*Kar, Snow*），名列《紐約時報》十大好書。

二〇〇六年　獲諾貝爾文學獎。

二〇〇九年　出版《純真博物館》（*Masumiyet Müzesi, The Museum of Innocence*），為《紐約時報》「最值得關注作品」，西方媒體稱此書為「博斯普魯斯海峽之《蘿麗塔》」。於土耳其出版的兩天內，銷售破十萬冊。

二〇一〇年　獲「諾曼．米勒終身成就獎」。

二〇一四年　出版《我心中的陌生人》（*Kafamda Bir Tuhaflik, A Strangeness in My Mind*），榮獲二〇一六年俄羅斯Yasnaya Polyana外語文學獎、二〇一六年曼布克文學獎入圍、二〇一七年國際IMPAC都柏林文學獎決選。

帕慕克作品集 02
Orhan Pamuk

白色城堡

國家圖書館出版品預行編目資料 *

白色城堡／奧罕・帕慕克（Orhan Pamuk）著；陳芙陽譯. -- 初版. -- 臺北市：麥田，城邦文化出版；家庭傳媒城邦分公司發行，民106.08
面；　公分. --（帕慕克作品集；2）
譯自：Beyaz Kale
ISBN 978-986-344-471-8（平裝）

864.157　　106009636

原著書名・Beyaz Kale
作者・奧罕・帕慕克 Orhan Pamuk
翻譯・陳芙陽
封面設計・廖　韡
協力編輯・聞若婷
責任編輯・蕭秀琴（初版）、徐　凡（二版）

國際版權・吳玲緯
行銷・何維民、吳宇軒、陳欣岑、林欣平
業務・李再星、陳紫晴、陳美燕、葉晉源
總編輯・巫維珍
編輯總監・劉麗真
總經理・陳逸瑛
發行人・凃玉雲
出版社・麥田出版
城邦文化事業股份有限公司
104台北市中山區民生東路二段141號5樓
電話：(02) 25007696　傳真：(02) 25001966
發行・英屬蓋曼群島商家庭傳媒股份有限公司城邦分公司
台北市中山區民生東路二段141號11樓
書虫客戶服務專線：(02) 25007718 ; 25007719
24小時傳真服務：(02) 25001990 ; 25001991
讀者服務信箱：service@readingclub.com.tw
劃撥帳號：19863813　戶名：書虫股份有限公司
香港發行所・城邦（香港）出版集團有限公司
香港灣仔駱克道東超商業中心1樓
電話：(852) 25086231　傳真：(852) 25789337
E-mail：hkcite@biznetvigator.com
馬新發行所・城邦（馬新）出版集團【Cite (M) Sdn Bhd】
41, Jalan Radin Anum, Bandar Baru Sri Petaling, 57000 Kuala Lumpur, Malaysia.
電話：(603) 90563833　傳真：(603) 90576622
印刷・前進彩藝有限公司
2004年（民103）初版
2017年（民106）8月二版
2021年（民110）7月二版三刷
定價300元

